Shannon Hale

Spirit Animals

Das Eis bricht

W0301100

© Kelly Sansom

Shannon Hale ist eine erfolgreiche amerikanische Autorin. Sie schreibt für Jugendliche und für Erwachsene und hat es mit ihren Büchern schon mehrfach auf die Bestsellerliste der New York Times geschafft.

Shannon Hale

Spirit Animals™

Das Eis bricht

Band 4

Deutsch von Wolfram Ströle

Ravensburger

Als Ravensburger Taschenbuch
Band 52615
erschienen 2019

MIX
Papier aus verantwortungsvollen Quellen
FSC® C111262
FSC www.fsc.org

1 2 3 4 5 E D C B A

Ungekürzte Ausgabe
© 2016, 2019 Ravensburger Verlag GmbH
Originaltitel: Spirit Animals. Fire and Ice
Copyright © 2014 by Scholastic Inc. All rights reserved. Published by arrangement with Scholastic Inc., 557 Broadway, New York, NY 10012, USA.
SCHOLASTIC, SPIRIT ANIMALS and associated logos are trademarks and/or registered trademarks of Scholastic Inc.
Lektorat: Maria Schmidt
Umschlag: Keirsten Geise, unter Verwendung einer Illustration von Angelo Rinaldi
Vorsatzkarte und Vignetten: Wahed Khakdan
Alle Rechte dieser Ausgabe vorbehalten durch Ravensburger Verlag GmbH
Postfach 2460, 88194 Ravensburg
Printed in Germany
ISBN 978-3-473-52615-4

www.ravensburger.de

Für meinen Bruder Jeff,
der mir einmal gesagt hat,
sein Seelentier sei ein Nilpferd
– S. H.

Inhaltsverzeichnis

ARCTICA
EURA
Trunswick
Burg
Greenhaven
Concorba
O
AMAYA
N

ERDAS
ZHONG
Jano Rion
Xin Kao
Dai
Shar
Liwao
NILO
OCEANUS
HUNDERT
INSELN
STETRIOL

GERATHON

Gerathon setzte sich in Bewegung. Seine schwarzen Schuppen, die dick wie Metallplatten waren, schürften über die Steine. Durch das geöffnete Maul zog er die Luft ein und schlug spielerisch mit dem Schwanz.

Leben! Unbändige Kraft erfüllte ihn, während er über den Boden glitt und die Erde unter sich spürte. Das Leben war ein Pulsieren, Zucken, Flattern, Einatmen, es war Bewegung. Neugierig fuhr seine Zunge hin und her. Die Luft schmeckte nach Mensch. Noch mehr Leben! Doch im Moment hatte er keinen Hunger. Tiere hüpften, trotteten und hoppelten hinter ihm her, zitternd vor Angst und doch unfähig, sich seinem Bann zu entziehen. Wenn er eine kleine Zwischenmahlzeit brauchte, reckte er einfach den Hals und schnappte sich ein Känguru oder einen Wildhund. Hunger hatte er seit seiner Flucht noch nicht gehabt, doch verspürte er das Bedürfnis, etwas Lebendiges zu packen und es zu töten.

Er änderte die Richtung und glitt mit übermütigen Wellenbewegungen auf den Menschen zu. Natürlich konnte er sich nahezu lautlos bewegen, aber dazu bestand keine Notwendigkeit. Welches Geschöpf konnte einer zwei Tonnen schweren Kobra entkommen?

Das Wesen vor ihm versuchte es immerhin – es war ein junger Mann mit einem kindlichen Gesicht, der sich mit angstvoll aufgerissenen Augen immer wieder nach ihm umdrehte. Gerathon zischte ausgelassen, denn er war sich der Kraft seiner Muskeln und seines langen, starken Leibs bewusst. Dann richtete er sich auf, spreizte den eleganten Nackenschild und stieß zu.

Leben! Der junge Mann, der zwischen seinen Kiefern hing, zappelte und strampelte und Gerathon spürte seinen hämmernden Puls an der Zunge. Der Mann schrie aus Leibeskräften, während er ihm die Fangzähne in den Rücken schlug. Dick und zähflüssig strömte das schwarze Gift in den jungen Mann hinein und sein Herz pumpte es freundlicherweise gleich zusammen mit seinem Blut durch den ganzen Körper. Er zuckte noch ein wenig, dann erschlaffte er, während sein Herz noch langsam weiterschlug. Gerathon verschlang ihn im Ganzen.

Träge rollte er sich auf dem heißen Korallensand zusammen und genoss das Gefühl des zweiten Herzschlags neben seinem eigenen, das Gefühl des anderen Lebens in ihm, das er durch seine Kraft langsam auslöschte.

Er konnte inzwischen nur noch darüber lachen, wie er jahrhundertelang in seinem Gefängnis aus Stein und Erde getobt hatte, wie die auf ihm lastende Masse ihn gelähmt und das Leben aus ihm herausgepresst hatte. Umso mehr genoss er jetzt die neu gewonnene Freiheit. Von Sonne und Nahrung gestärkt, war er wie berauscht und geradezu zu Streichen aufgelegt. Er konnte unmöglich noch etwas essen, obwohl sein Appetit auf das Leben noch gewachsen war.

Er ließ seine Gedanken wandern und seine gelben Augen verfärbten sich weiß. Im Geiste sah er flimmernde weiße Hitzeflecken, von denen jeder einen Menschen verkörperte. Gerathon kannte diese Menschen so gut wie ein Schäfer seine Schafe.

Seine Wahl fiel auf eine schlafende Frau. Es war leichter, in den Kopf eines bewusstlosen Menschen zu schlüpfen. Die Frau war alt und lebte weit weg in Nilo. Gerathon füllte den Kopf dieser Frau mit seinem eigenen Bewusstsein aus wie Sand einen Krug. Er ließ die Frau aufstehen und aus ihrer Hütte gehen. Die Nacht in Nilo war warm und duftete nach Jasmin. Gerathon konnte das dürre, raschelnde Gras unter den nackten Füßen der Frau förmlich spüren. Der Boden hatte noch die Wärme des vergangenen Sonnentages gespeichert.

Durch die Augen der Frau sah Gerathon vor sich eine senkrecht abfallende Felswand. Er ließ die Frau schneller gehen, immer schneller, bis sie rannte.

Die Frau zuckte, als versuchte sie aufzuwachen. Gerathon zischte wohlig. Leben war Bewegung.

Er trieb die Frau über die Felskante, stürzte mit ihr hinunter und verließ ihr Bewusstsein erst im letzten Moment vor dem Aufprall auf dem Boden der Schlucht.

Es war vielleicht eine Verschwendung, wenn er an seine Pläne für die Zukunft dachte. Aber zuerst musste er sowieso alle Talismane einsammeln und bis dahin hatte er als Großes Tier doch wohl das Recht, sich ein wenig zu amüsieren.

Er hielt den Kopf in den Wind und verzog sein geschupptes Maul zu einem Lächeln.

Diebstahl

Meilin spürte, wie der Südwind ihr in den Rücken blies und sie antrieb. Nicht, dass sie das gebraucht hätte. In ihr brannte seit Kurzem ein Feuer, das sie rastlos machte. Sie waren zunächst durch Zhong geritten und hatten inzwischen den Norden Euras erreicht. Die anderen hatten sich während des endlosen Ritts manchmal beschwert, aber Meilin konnte es gar nicht schnell genug gehen.

Im Fluss neben der Straße spiegelte sich die Sonne, sodass Meilin geblendet die Augen schloss. Hinter ihren Lidern warteten immer dieselben Bilder auf sie.

Das Große Krokodil mit aufgerissenem Maul und tiefschwarzen Augen.

Ihr Vater, bewegungslos und tot.

Meilin öffnete die Augen schnell wieder und gab ihrem Pferd die Sporen.

Der Wind wechselte die Richtung und wehte ihr jetzt von Nordwesten ins Gesicht. Sie fror und rieb sich die Arme.

„Es wird noch viel kälter werden", sagte Rollan und ritt neben sie. „So richtig unangenehm kalt. Eine Kälte, bei der einem Nase und Zehen abfrieren."

Meilin nickte.

„Ich hab mal erlebt, wie ein Straßenjunge, ein Nichtsnutz wie ich, einen anderen, wohlhabenden Jungen mitten im Winter dazu provozierte, am eisernen Pfosten einer Straßenlaterne zu lecken. Der Junge blieb mit der Zunge daran kleben – sie fror sofort fest – und der Straßenjunge klaute ihm Mantel und Schuhe."

„Sag bloß."

„Tu ich doch, Frau Pandabär!"

„Und der Name des Jungen in deiner Geschichte fängt nicht zufällig mit *R* an und hört mit *n* auf?"

„Nein! So gemein war ich nie. Und ich wollte dich nur warnen, weil du diese blöde Angewohnheit hast, an Laternenpfosten zu lecken."

Meilin hätte fast gelächelt. Seit dem Kampf bei Dineshs Tempel suchte Rollan immer wieder ihre Nähe und sagte oft so alberne Sachen. Wahrscheinlich wollte er sie von ihrem Kummer ablenken. Die Suche nach dem Talisman des Großen Elefanten hatte sie große Opfer gekostet. Meilin hatte sich zunächst allein auf den Weg gemacht, um ihren

Vater zu suchen. Dieser hatte im Großen Bambuslabyrinth von Zhong den bewaffneten Widerstand organisiert. Doch kaum hatte sie ihn gefunden, verlor sie ihn für immer: Er wurde vor ihren Augen getötet. Zuerst fühlte sie sich wie betäubt, als wäre in ihr nur eine schreckliche Leere. Doch irgendwann hatten sich ihre Lebensgeister wieder geregt. Und jetzt brannte dieses Feuer in ihr, das sie beständig daran erinnerte, dass der große Schlinger irgendwo frei herumlief – und mordete. Sie durfte nicht zulassen, dass Mitgefühl oder dumme Witze dieses Feuer löschten. Entschlossen trieb sie ihr Pferd zu einer noch schnelleren Gangart an.

„Vor uns kommt eine Kreuzung", rief Tarik. „Dort sollten wir die Nacht verbringen."

„Aber es ist noch nicht dunkel", entgegnete Meilin.

„An der Kreuzung entfernt sich unser Weg vom Fluss", erklärte Tarik. „Wir müssen die Pferde tränken, bevor wir weiter nach Norden reiten."

Meilin wollte etwas erwidern, aber Tarik sah sie verständnisvoll und mitfühlend an. Es war derselbe Blick, mit dem auch Jhi sie oft bedachte – weshalb Meilin die Pandabärin meistens im Ruhezustand ließ. Denn sie konnte diesen Blick langsam nicht mehr ertragen. Der Nächste, der sie so ansah, konnte sich auf etwas …

„Meilin?", fragte Abeke.

„Was ist denn?", sagte Meilin barsch.

Abeke zuckte zusammen. „Äh, ich wollte nur fragen, ob du mir hilfst, Brennholz zu sammeln."

„Natürlich helfe ich dir."

Das flache Gelände um die Straßenkreuzung füllte sich mit Reisenden und Gruppen von Händlern, die ebenfalls hier übernachten wollten. Der Weg Meilins und ihrer Gefährten führte über eine weite, grasbewachsene Ebene im Norden Euras. Sie kamen zwar leider nicht in Glengavin oder bei Finn vorbei, dafür verlief die Reise ausnahmsweise ruhig und ohne Zwischenfälle. Auch einige andere Leute hatten an der Kreuzung ihr Nachtlager aufgeschlagen. Dazu gehörten zwei fahrende Musikanten – ein Lautenspieler, der ständig etwas klimperte, und eine Frau mit einem blauen Schleier, die leise vor sich hin sang.

Sie suchten am Flussufer nach Treibholz und abgebrochenen Ästen. Abeke sagte nichts. Gut. Dann konnte sich Meilin ganz auf das Feuer in ihrer Brust konzentrieren und auf den großen Schlinger, so als wäre sie eine Pfeilspitze und er das Ziel.

Voll bepackt mit Holz kehrten sie zu Tarik, Rollan und Conor zurück, die die Pferde absattelten. Maya, ein Grünmantel aus Eura, legte für die Feuerstelle einen Kreis aus Steinen. Tarik hatte sie gebeten, sich der Gruppe anzuschließen. Sie war zwar einige Jahre älter als Meilin, aber mit ihrem schmalen, blassen Gesicht und den üppigen roten Locken sah sie viel jünger aus.

Als sie jetzt den Ärmel ihres violetten Pullovers hochschob, kam auf ihrem Unterarm ein Tattoo in Gestalt einer kleinen Eidechse zum Vorschein. Mit einem Lichtblitz erwachte der Feuersalamander aus dem Ruhezustand und huschte auf ihre Schulter. Das schwarze, mit leuchtend gelben Flecken übersäte Tier war nur so groß wie Mayas Handteller. Meilin sah Maya mit einem traurigen Lächeln an. Bestimmt war sie über ihr Seelentier genauso enttäuscht gewesen wie Meilin über ihren Panda. Ein Salamander nützte einem im Kampf ebenso wenig.

Meilin und Abeke luden ihr Holz ab. Abeke legte einige Äste in den Kreis aus Steinen, wofür Meilin sie schon zurechtweisen wollte. Zum Feuermachen brauchte man zuerst kleine Zweige, und erst wenn diese brannten, konnte man …

Maya hatte die Hand gehoben. Auf ihrem Handteller bildete sich ein kleiner Feuerball. Sie blies darauf und der Ball flog in das Holz. Augenblicklich brannte es lichterloh.

„Oh!", rief Meilin.

„Kanntest du Mayas Kunststück noch gar nicht?", fragte Conor.

Meilin schüttelte den Kopf.

„Dafür kann ich nicht besonders gut kämpfen", sagte Maya mit einem verlegenen Lächeln. „Ich beherrsche nur diesen einen Trick. Ansonsten bin ich zu nichts zu gebrauchen."

„Dieser eine Trick könnte im kalten Norden für uns überlebenswichtig sein", sagte Tarik.

Die verschleierte Sängerin ging an ihnen vorbei. Sie war mit ihrem Laute spielenden Gefährten auf dem Weg zum Wasser. „Ihr reitet nach Norden?", fragte sie. „Warum denn? Nördlich von hier wird es nur immer noch kälter."

„Und es gibt Walrosse", ergänzte Rollan. „Ich will unbedingt eines sehen. Falls sie überhaupt existieren."

„Ich habe dir doch gesagt, dass es sie wirklich gibt, Rollan", rief Tarik. „Das kann ich bezeugen."

„Elefanten ohne Beine, dafür mit Flossen?" Rollan lächelte ungläubig. „Das glaube ich erst, wenn ich es mit eigenen Augen sehe."

„Wir wollen nach Samis", sagte Abeke zu den Musikanten. „Kennt ihr das?"

„Ach richtig, Samis", sagte der Lautenspieler. „Ich hätte schon fast vergessen, dass zwischen hier und Arctica noch ein Dorf kommt. Aber warum sollte man denn dort hinwollen?"

„Wir waren einmal dort, Schatz, vor Jahren", sagte die verschleierte Frau. Sie fasste den Lautenspieler an der Hand und tanzte um ihn herum. „Händler hatten uns gewarnt, dass Fremde in Samis nicht willkommen seien. Aber wir dachten, dann sehnen sie sich bestimmt nach Unterhaltung. Also sind wir hin …"

„Und wisst ihr, was geschah?", fragte der Lautenspieler.

„Wir wurden am Tor abgewiesen.“ Er spielte einen Akkord, wie um seine Worte zu bekräftigen.

Die beiden entfernten sich tanzend.

„Ein Dorf, das Händler und Musikanten abweist?“, sagte Abeke nachdenklich. Sie kraulte die Leopardin Uraza, die neben ihr lag und zufrieden brummte. „In meinem Dorf wären wir ohne Händler aufgeschmissen – wir hätten keine Töpfe und Pfannen, keine Schaufeln, nichts dergleichen. Wir könnten hier ein paar Töpfe kaufen und sie den Einwohnern von Samis schenken, vielleicht gewinnen wir dadurch ihr Vertrauen.“

Tarik nickte. „Gute Idee!“

Er gab ihr ein paar Münzen aus seinem Geldbeutel und Abeke ging sofort los, um die Geschenke zu kaufen. Uraza trottete hinter ihr her.

Wenig später hörte Meilin wütendes Geschrei von der anderen Seite des Lagers. Sie sprang auf und wollte schon Jhi wecken, widerstand aber der Versuchung.

„Sind das Abeke und Uraza?“, fragte sie.

„Bleib hier, ich sehe nach“, sagte Tarik und eilte in Richtung des Lärms.

Doch das Feuer loderte in Meilin. Sie konnte einfach nicht still sitzen. Zusammen mit Rollan folgte sie Tarik. Conor und Maya blieben zurück, um das Feuer zu versorgen und auf ihr Gepäck aufzupassen.

In der Mitte des Lagers wälzten sich zwei Männer auf

dem Boden, schlugen wie wild aufeinander ein und zogen sich an den Haaren. Auf Tariks Schulter erschien sein Seelentier, der Otter Lumeo. Mit seiner Hilfe konnte sich Tarik noch geschmeidiger bewegen. Geschickt schob er sich zwischen die Kämpfenden und trennte sie.

„Genug!", rief er und das Geschrei und die Pfiffe verstummten. „Was ist hier los?"

„Er hat mich bestohlen!", sagte ein stämmiger, glatzköpfiger Mann, der aus der Nase blutete und dessen Hemd zerrissen war. „Seit Jahren spare ich und lege hier und da etwas zurück. Ich hatte schon fast genug zusammen, um damit nach Hause zurückzukehren, meine Mutter aus der schmutzigen Stadt zu holen und ihr einen Bauernhof auf dem Land zu kaufen. Fast! Da schneidet der Gauner mir den Geldbeutel vom Gürtel ab."

Der Mann hob einen Hemdzipfel und zeigte die abgeschnittenen Enden zweier Lederriemen, die noch dort hingen.

„Aber ich sage doch, ich war es nicht!", erwiderte der andere Mann. „Wir reisen seit Jahren zusammen, Bill. Warum sollte ich dich ausgerechnet jetzt beklauen?"

„Das weiß ich doch nicht! Aber du bist der Einzige, dem ich von dem Geld erzählt habe, und wenn du es nicht genommen hast, wer dann?" Bill setzte sich auf den Boden und weinte in seine Hände. „Ich habe so lange gespart …"

Rollan meldete sich zu Wort. „Dein Freund sagt die Wahrheit. Er hat das Geld nicht gestohlen."

Meilin sah Essix am Himmel kreisen. Bisher hatte das Falkenweibchen Rollan berühren müssen, um seine intuitiven Fähigkeiten zu stärken. Aber vielleicht war die Bindung zwischen dem Jungen und seinem Seelentier ja endlich gewachsen. Im Ruhezustand hatte Meilin Essix allerdings immer noch nicht erlebt.

Bill hob das tränenverschmierte Gesicht. „Wer war es dann?"

Rollan ließ den Blick über die Händler, Musikanten und Reisenden wandern, die sich um die beiden Kämpfenden versammelt hatten. Es war beklemmend still.

Sein Blick blieb an einem schlaksigen Jungen hängen, der ein weißes Hemd und ein Halstuch trug und mit dem Rücken zur Menge scheinbar sehr interessiert ein Wagenrad betrachtete. Rollan runzelte die Stirn.

„Ich würde bei dem Burschen da drüben nachsehen", sagte er mit einem Nicken in dessen Richtung.

Tarik packte den Schlaks und drehte ihm die Arme auf den Rücken.

„He, was soll das?", protestierte der Junge.

„Das ist ein schönes Rad", sagte Rollan. „Aber ist es wirklich so viel interessanter als eine Schlägerei im Lager? Oder willst du nur nicht auffallen?"

Meilin und ein Händler tasteten den Jungen von oben

bis unten ab. Am Stiefel spürte Meilin eine Beule. Sie zog einen dick mit Münzen gefüllten Lederbeutel mit abgeschnittenen Riemen heraus, den sie Rollan zuwarf.

Der Junge wehrte sich schimpfend. Meilin stand mit geballten Fäusten neben ihm. In ihr loderte das Feuer und drohte sie zu verbrennen, wenn sie nicht bald etwas unternahm und dem Schlinger und seinen Anhängern einen Denkzettel verpasste. Vielleicht konnte sie sich ja zunächst an diesem Dieb abreagieren. Tarik hielt ihn allerdings gut fest. Meilin ließ die Fäuste sinken.

Rollan hielt den Beutel an die abgeschnittenen Riemen am Gürtel des Mannes.

„Das scheint zusammenzupassen", sagte er.

Er gab Bill den Beutel.

„Danke", sagte Bill leise und drückte ihn an seine Brust.

„An der letzten Kreuzung wurde auch jemand bestohlen", sagte eine ältere Frau mit zurückgekämmten weißen Haaren und Reitkleidern aus grobem Tuch. „Das warst doch bestimmt auch du, Jarack."

Der Junge wehrte sich noch heftiger gegen Tariks eisernen Griff.

„Wir Händler haben einen Ehrenkodex", fuhr die Frau fort. „Du hast ihn gebrochen, Jarack, und bist hiermit aus unserer Gemeinschaft ausgestoßen. Lass dich hier im Norden nie wieder blicken."

Jarack schien etwas erwidern zu wollen, doch ein Dutzend Händler stellten sich demonstrativ mit verschränkten Armen hinter die Frau. Einige trugen Waffen. Tarik ließ ihn los. Jarack nahm murrend sein Bündel auf und verschwand in der Nacht.

Bill und sein Gefährte gaben sich die Hand. Meilin und Rollan kehrten an ihren Lagerplatz zurück.

„Es geht doch nichts über einen Diebstahl und eine kleine Schlägerei vor dem Abendessen", sagte Rollan.

Meilin ließ sich ein wenig zurückfallen, um neben ihm gehen zu können, und wollte schon selbst eine witzige Bemerkung machen, damit Rollan lachen und etwas erwidern konnte. So hatten sie sich oft stundenlang unterhalten. Doch diesmal brachte sie kein Wort heraus und spürte nur wieder die Furcht einflößende, sengende Hitze in sich. Sie ging schneller und ließ Rollan zurück.

An der Feuerstelle hatte Conor sich an seinen Wolf Briggan gelehnt und kraulte ihm den Kopf. Maya lag auf dem Bauch, hielt ihren Feuersalamander in der Hand und unterhielt sich mit ihm.

Alle Grünmäntel redeten mit ihren Seelentieren, aber Maya führte mit ihrem Lurch offenbar ein besonders ernstes, wenn auch einseitiges Gespräch. Möglicherweise war sie verrückt, aber eigentlich wirkte sie eher zufrieden und in sich ruhend, ganz anders als Meilin.

Vielleicht konnte ihr Jhi helfen … *nein.* Meilin ballte die Fäuste und verdrängte den Gedanken sofort wieder. Jhi würde sie nur beruhigen, aber Meilin wollte nicht beruhigt werden. Sie wollte kämpfen! Immer heißer stieg die Wut in ihr auf und verbrannte ihr Brust und Kehle. Sie kniff die Augen zusammen, um nicht zu schreien, und sah wieder ihren Vater vor sich, bewegungslos und mit leerem Blick.

Ein unbezwingbares Schluchzen stieg in ihr auf. Sie öffnete die Augen und weckte Jhi aus dem Ruhezustand.

Die Pandabärin landete auf dem Boden, drehte sich um und blickte sie an. Meilin fand, dass sie merkwürdig aussah. Die schwarzen Beine wollten nicht zu dem weißen Rumpf passen und die schwarzen Ringe um die Augen erweckten immer den Eindruck, dass Jhi traurig dreinblickte. Alles an ihr war rund und kuschelig. In Meilin stieg wieder der Zorn darüber auf, dass sie keine Bindung mit einem wilden, kampflustigen Raubtier eingegangen war.

Aber Jhi starrte sie unverwandt mit ihren silberfarbenen Augen an. Meilin erwiderte den Blick und atmete tief ein. Auf einmal schien alles wie in Zeitlupe abzulaufen.

Sie spürte den kühlen Luftzug, der über die Härchen auf ihren Armen strich, und sah das tiefe Samtblau des Abendhimmels. Die Geräusche schienen sich voneinander zu trennen und sie konnte mühelos verschiedene Stimmen vom Rauschen des Flusses unterscheiden. Sie hörte die vielen Gespräche, die im Lager geführt wurden, die Schritte Rollans hinter ihr und dahinter noch andere, schnellere Schritte. Die Schritte einer Person, die rannte.

Sie drehte sich um. Die Zeit verlief nicht wirklich langsamer. Von Jhis Ruhe erfüllt, nahm sie nur ihre Umgebung so intensiv wahr, dass ihr alles langsamer erschien.

Rollan lächelte sie an. „Was ist?", fragte er.

Er konnte ja nicht sehen, war hinter ihm geschah. Jarack kam auf ihn zu gerannt. Er hielt ein langes, krummes Messer in der Hand.

„Rollan!", schrie Meilin.

Die Ruhe Jhis erfüllte sie immer noch. Noch bevor Rollan sich umdrehen konnte, sah sie schon den Stein neben ihrem Fuß, beförderte ihn mit einem Kick in ihre Hand und warf. Sie traf Jarack an der Schulter.

Rollan wich erschrocken vor Jarack zurück und entging seinem Messer nur um Haaresbreite. Meilin war inzwischen losgerannt. Die letzten Meter rutschte sie über den Boden, dann trat sie Jarack gegen die Beine, sodass er das Gleichgewicht verlor. An seinen Bewegungen konnte sie ablesen, dass er kein geübter Kämpfer war – dafür hatte er umso mehr Wut und ein langes Messer. Er würde nicht einfach klein beigeben.

Er stieß zu. Meilin sah den Bogen, den das Messer beschrieb, als wäre er in die Luft gezeichnet. Langsam näherte es sich ihrem Hals. Sie wich ihm aus und griff ihrerseits mit einem Nierenschlag an. Jarack krümmte sich. Mit ihrem nächsten Schlag traf Meilin ihn in die Brust, sodass er keine Luft mehr bekam. Anschließend führte sie einen

Handkantenschlag gegen seinen Arm aus. Er ließ das Messer fallen, hielt sich das Handgelenk und warf ihr einen verwirrten Blick zu. Dann machte er kehrt und rannte weg.

Rollan starrte Meilin fassungslos an. Die Ruhe, die Jhi verströmt hatte, verging und die Zeit kehrte wieder zu ihrem normalen Tempo zurück.

„Du warst wahnsinnig schnell", sagte er. „Wie hast du das gemacht?"

„Ich kam mir gar nicht schnell vor", erwiderte Meilin. „Nur alles andere lief ganz langsam ab."

Rollan runzelte die Stirn.

„Tut mir leid, Rollan, du denkst jetzt vielleicht, du wärst genauso gut allein mit ihm fertig geworden und ich sollte mich nicht überall einmischen …"

„Meilin!", rief er und sie brach ab. Ihr ging jetzt erst auf, dass er ihren Namen die ganze Zeit leise vor sich hin gesagt hatte. „Danke, Meilin."

„Bitte." Sie wollte sich abwenden.

„Nein, im Ernst." Rollan zögerte. „Ich … ich war damals auf der Straße immer mit vielen anderen Kindern unterwegs, aber wenn von denen eines zwischen mir und einer warmen Mahlzeit wählen musste, war die Entscheidung klar. Bei euch dagegen … also bei euch habe ich zum ersten Mal das Gefühl, dass ich … dass ich euch vertrauen kann. Und das bedeutet mir total viel."

Er lächelte sein typisches, Meilin schon so vertrautes

Rollanlächeln. Anfangs war er für sie nur ein namenloser Waisenjunge gewesen. Jetzt war sie selbst Waise – die Mutter bei der Geburt gestorben, der Vater vom großen Schlinger getötet. Auch sie hatte kein Zuhause und musste zusehen, wie sie überlebte. Damit war sie ihm ähnlicher, als sie je für möglich gehalten hätte. Wie tröstlich vertraut seine braunen Augen waren und sein breites, von der Reise schmutziges Gesicht. In der tiefen Leere und Verzweiflung, die sie seit dem Tod ihres Vaters erfüllte, regte sich zum ersten Mal so etwas wie Hoffnung.

Rollan streckte den Arm aus und nahm ihre Hand. Seine Finger waren warm.

Meilins Herz hatte noch nie so laut geklopft.

Samis

Den Weg nach Samis konnte man kaum als Straße bezeichnen, so sehr war er von Gras und Gestrüpp überwuchert. Aber die Strecke war auf Tariks Karte eingezeichnet und deshalb vertraute Conor darauf, dass sie schon irgendwohin führen würde.

Als sie das Dorf fast erreicht hatten, entdeckte Conor eine Herde von Karibus. Die grauen Tiere mit ihren großen Geweihen grasten friedlich auf einer Weide und wurden von zwei Männern beaufsichtigt.

„Hirten!", rief Conor. „Mit denen würde ich mich gern unterhalten."

„Nur zu", sagte Rollan, „tu das. Aber gib ihnen bitte nicht den Schieferelefanten oder den Granitwidder, wenn es sich einrichten lässt."

„Rollan!", mahnte Tarik leise.

Rollan zuckte nur die Schultern.

Conor war die ständigen Hänseleien gründlich leid. Es war dumm gewesen zu hoffen, die anderen würden je vergessen, dass er den Eroberern im Austausch gegen die Sicherheit seiner Familie den Eisernen Eber überlassen hatte. Sie hatten es weder vergessen noch ihm verziehen.

Er ignorierte Rollan und näherte sich den Hirten.

Die zwei jungen Männer saßen plaudernd im Schatten eines einsamen Baums inmitten von rosa- und lilafarbenen Lupinen.

Conor hatte seinen Hirtenstab dabei. Zwar benutzte er ihn momentan nur als Wanderstock, schließlich hatten sie auf ihren Reisen noch nie Schafe hüten müssen. Aber das dicke Holz lag gut in der Hand und war ihm so vertraut wie das frisch gebackene Brot seiner Mutter und der Geruch von Rauch und das knackende Kiefernharz an der heimischen Feuerstelle. Nach der furchtbaren Schlacht in Zhong und dem schlimmen Streit wegen des Eisernen Ebers gab ihm der Stock in der Hand Sicherheit.

Jetzt hob er ihn beim Näherkommen in die Höhe, um die Hirten als Kollegen zu grüßen. Bestimmt würden sie den Gruß erwidern und ihn dazu einladen, sich zu ihnen in den Schatten zu setzen. Doch stattdessen sprangen die beiden auf und blickten ihm misstrauisch entgegen. Sie waren beide blond und hellhäutig und etwa zwanzig Jahre alt. Ihre dunkelblauen Jacken und braunen Hosen wirkten sauber und neu und waren wie maßgeschneidert für ihre athletischen Körper. Kein Hirte, den Conor kannte, trug so schöne Kleider.

„Guten Tag!", sagte er. „Ich heiße Conor und ich war selbst Hirte, bevor ich mich den Grünmänteln angeschlossen habe. Meine Familie hatte Schafe in Zentraleura. Hütet ihr Karibus? Ich habe noch nie eine Herde zahmer Karibus gesehen."

„Und wir noch nie einen Besucher in Samis", sagte der eine Bursche.

„Überhaupt noch nie", bekräftigte der andere.

„Wir bleiben nicht lange", sagte Conor. „Hütet ihr auch manchmal Schafe oder nur Karibus?"

Die Hirten wechselten einen Blick und schwiegen.

Conor spürte, wie seine Gefährten hinter ihm darauf warteten, dass er mit den beiden Kontakt knüpfte. Also holte er Luft und sprach über Schafe und ihre verschiedenen Rassen und stellte detaillierte Fragen nach Ernährungs- und Schlafgewohnheiten der Karibus.

Während er redete, nahm er mit geübtem Auge eine Bewegung im nahen Kiefernwäldchen wahr. Dort schlichen Schatten herum und blitzten Augen auf.

Conor deutete auf das Wäldchen. „Ist das …"

Die Hirten spähten mit zusammengekniffenen Augen in dieselbe Richtung.

„Oh nein, sie sind wieder da!", rief der eine.

Die beiden versuchten, mit aufgeregten Pfiffen ihre Herde zu sammeln. Die Karibus schreckten hoch und begannen zu laufen. Die Schatten tauchten zwischen den Kiefern auf. Fünf braune Wölfe. Die zottigen, ausgemergelten Tiere rannten hinter dem letzten Karibu her und teilten sich auf, um es von verschiedenen Seiten anzugreifen.

„Briggan!", rief Conor und schob den Ärmel hoch. Ein kurzer Schmerz fuhr über seinen Unterarm. Der große graue Wolf erwachte aus dem Ruhezustand und sprang auf den Boden. „Da drüben ist ein Rudel Wölfe. Sie jagen die Karibus dieser Leute."

Briggan heulte.

Die Wölfe hielten inne und einer erwiderte das Heulen. Briggan antwortete. Die Wölfe schienen einen Moment zu überlegen, dann nahm ihr Anführer mit einem kurzen Bellen die Jagd wieder auf. Die anderen folgten ihm.

Briggan knurrte und rannte los. Erschrocken und zugleich fasziniert beobachtete Conor, wie er den Wölfen den Weg abschnitt, noch bevor sie das fliehende Karibu eingeholt hatten. Er warf sich auf den Leitwolf und packte ihn am Genick. Kämpfend wälzten sich die beiden im Gras. Dann trennten sie sich und starrten sich geduckt und mit wütend gefletschten Zähnen an.

Die anderen Wölfe umzingelten Briggan – es stand fünf zu eins. Conor rannte auf sie zu. Da er Briggan geweckt hatte, konnte er viel schneller laufen als sonst. Seine Beine fühlten sich stark und lang an und er spürte, wie das Gras gegen seine Unterschenkel peitschte. Sein Herz hämmerte, den Hirtenstab hielt er fest umklammert.

Doch noch bevor er bei den Wölfen ankam, hörte der Leitwolf plötzlich auf zu knurren. Er lief mit gesenktem Kopf und der Schnauze am Boden im Kreis herum, als jagte er seinem Schwanz hinterher. Es war eine Geste der Unterwerfung, die Conor überraschte. Schließlich hatte das Rudel nur einen einzigen Wolf als Gegner. Andererseits handelte es sich dabei um Briggan, einen der Vier Gefallenen.

Der Leitwolf heulte wieder und kehrte, gefolgt von seinem Rudel, zum Wald zurück.

Briggan trottete zu Conor und ließ sich von ihm drücken und am Nacken kraulen.

„Braver Junge, Briggan", sagte Conor. „Danke."

Die Hirten näherten sich ihm staunend.

„Ein Wolf mit blauen Augen", sagte der eine. „Das ist Briggan, nicht wahr? *Der* Briggan."

Conor nickte. Jetzt begannen die Hirten endlich, mit ihm zu reden. Sie erzählten sämtliche Legenden, die sie über Briggan kannten. Dann nahm der eine Conor am Arm. „Komm, das will der alte Henner bestimmt auch hören."

Während sein Gefährte bei der Herde blieb, eilte er mit Conor zu einem kleinen Tor in dem Palisadenzaun, der das Dorf umgab.

„Henner, das errätst du nie!", rief er einem Mann zu, der

auf der anderen Seite des Tors stand. „Briggan hat unsere Karibus gerettet. *Der* Briggan!“

Und schon erzählte er, was geschehen war, wobei er die dramatischen Stellen noch ausschmückte.

Henner lächelte durch das kleine Fenster des Tors. „Briggan? Was du nicht sagst! Aber was haben all diese jungen Leute hier zu suchen?“

„Wir müssen mit Eurem Fürsten sprechen …“ Conor blickte auf das Dorf. Vermutlich war es zu klein, um einen Fürsten zu haben. „Oder gibt es hier einen Bürgermeister? Es ist sehr wichtig.“

Tarik und die anderen hatten inzwischen zu ihnen aufgeschlossen. Henner betrachtete sie eingehend.

„Pia empfängt keine Besucher“, sagte er.

„Wir bringen Geschenke für Pia und das Dorf“, erklärte Abeke und holte zwei Töpfe und drei Messer aus ihrem Bündel.

Henner riss die Augen auf.

Conor fiel auf, dass die Knöpfe an der Jacke des Torhüters aus Geweihstücken gefertigt waren. Dasselbe galt für das Messer an seinem Gürtel und die Gürtelschnalle. Die Scharniere des Tors bestanden aus Leder. Offenbar war das Dorf tatsächlich von allem Handel abgeschnitten und besaß keine Gegenstände aus Metall.

„Wir bringen auch Nachrichten“, sagte Meilin. „Wir wollen euch warnen und Informationen tauschen. Ich glaube, wir können euch helfen, und natürlich gehen wir gleich wieder, wenn ihr es wünscht."

Henner betrachtete Meilin, die Geschenke in Abekes Händen und den Wolf neben Conor.

„Also …", sagte er schließlich.

„Lass sie doch für eine Weile rein", fiel ihm der Hirte ins Wort. „Wir kriegen nie Besuch und du hättest sehen sollen, was Briggan getan hat! *Der* Briggan!"

Henner lachte und öffnete das Tor. „Eine Ausnahme schadet wahrscheinlich nicht. Folgt mir."

„Gut gemacht", flüsterte Tarik gerade so laut, dass Conor es hören konnte.

„Wir treiben nicht viel Handel", sagte Henner und ging auf einem schmalen Weg voraus. „Die Dörfler sind gerne für sich. Ein ruhiger Menschenschlag."

Lautes Gelächter ließ Conor zusammenfahren.

„So ruhig auch wieder nicht", murmelte Rollan.

Sie kamen an einem kleinen Park vorbei, in dem üppige Lupinen, Tulpen und Butterblumen blühten. Auf einer aus Holzlatten und Geweihstücken erbauten Bank saßen plaudernd und lachend drei junge Frauen. Sie waren genauso blond, groß und athletisch gebaut wie die beiden Hirten. Dasselbe galt für Henner. Er hatte zwar von „jungen Leuten" gesprochen, war aber selbst höchstens ein paar Jahre älter als die Hirten. Conor fragte sich, ob sie alle Geschwister waren.

Eine uralte Trauerweide beugte sich über einen kleinen Friedhof.

„Sieh mal", flüsterte Meilin. „Auf den Grabsteinen stehen Namen … aber keine Jahreszahlen."

Conor nickte, obwohl er nicht recht verstand, was Meilin meinte. Er hatte noch nie einen Friedhof gesehen und wusste nicht, inwiefern das Fehlen von Jahreszahlen ungewöhnlich war.

Die Häuser sahen alle ähnlich aus. Sie waren lang und schmal, hatten graue Steinfundamente und rot angemalte Balken und Bretter. Die Dächer waren mit groben Schindeln aus Rinde gedeckt. Die Schornsteine waren aus dicken, unbehauenen Steinen gemauert. Sie unterschieden sich einzig durch die individuell gestalteten Fensterläden und Türen, die an ledernen Scharnieren befestigt waren. Aufwendige Schnitzereien und bunte Bilder zierten sie. Als Motive dienten Blumen, Bäume, Wälder und oft ein großer, weißer Eisbär.

Eine gepflasterte Straße gab es nicht und nirgends waren Pferde oder Wagenspuren zu sehen. Die Wege waren gleichmäßig über das ganze Dorf verteilt, mit Schotter bedeckt und wurden von Häusern und kleinen Parks gesäumt. Der große, offene Dorfplatz bestand aus einer grünen Wiese, die von Tulpenbeeten gesäumt wurde.

Conor ließ Tarik und Maya mit Henner vorausgehen und folgte mit den anderen nach.

„Das sind schöne Schnitzereien." Er zeigte auf die Fensterläden. „Ich kann mir nicht vorstellen, dass Hirten und Bauern für so etwas Zeit haben. Wir hatten bei uns zu Hause alle Hände voll zu tun, um überhaupt zu überleben."

„Die Leute hier scheinen eine Menge Zeit zu haben", sagte Abeke und sah einem Paar nach, das Händchen haltend einen Weg entlangspazierte.

„Ist das vielleicht die geheimnisvolle Stadt der Bildhauer?"

„Was für eine Stadt?", fragte Rollan. „Der Bildhauer?"

„Na ja, aus diesem Lied", sagte Conor und begann zu singen. „Geschützt vor verderblichen Winden meißeln sie die Stadt aus dem Schnee …"

„Das ist doch bloß ein Lied", unterbrach ihn Meilin. „Glaubst du, alle Lieder sind wahr? Dann würde ich ja nur zu gern die ‚lustige Giraffine' kennenlernen, die ‚Schweine durch die Nase schlürft'."

„Oder kennt ihr das?" Rollan begann zu singen: „‚Der Riese blies ein Horn mit dem Mund, das andere mit dem hinteren Ende. Und beide Male tat die Zuschauermenge kund, dass sie das sehr possierlich fände.'"

„Das Lied kenne ich nicht, Rollan", sagte Abeke. „Kannst du mir erklären, was mit dem ‚hinteren Ende' gemeint ist? Ich versteh's nicht."

„Na ja, also …" Rollan verstummte und betrachtete sie

prüfend. Wollte sie ihn nur aufziehen? Sie lächelte kaum merklich.

„Wie auch immer, Samis sieht jedenfalls aus wie ein Puppendorf", warf Meilin ein. „Die Tochter des Kaisers hatte solche Spielsachen. Kleine, perfekt angemalte Häuschen, in denen ihre kleinen, perfekten Puppen wohnen konnten."

„Genau." Rollan sah sich um und senkte die Stimme. „Sogar die Menschen sehen aus wie ... na ja, wie Puppen eben."

Kinder und ältere Menschen hielten sich offenbar drinnen auf, denn die Menschen, die Conor sah, waren entweder Jugendliche oder junge Erwachsene. Sie waren alle gleich groß und hatten breite Schultern, starke Arme und schöne, vollkommen ebenmäßige Gesichter. Die Haarfarben reichten von Hellbraun bis Goldblond. Sie alle lächelten.

Conor fröstelte, denn er musste an Trunswick denken – die düstere Atmosphäre dort, die Wachen mit ihren Doggen und die Angst auf den Straßen. Hier war alles genau umgekehrt – hell und vollkommen. Und trotzdem hatte er ein merkwürdiges Gefühl.

Briggan hob witternd die Nase und musste niesen.

Pia

Abeke versuchte sich vorzustellen, wie ihr Leben ausgesehen hätte, wenn sie an einem Ort wie Samis aufgewachsen wäre. Hier war alles so grün! Die Menschen hatten Muße, Gärten anzupflanzen, durch Parks zu schlendern und Fensterläden zu verzieren. Abeke hatte schon als kleines Kind die niederdrückende Last von Armut und Not kennengelernt – sie hatten Regen gebraucht, Fleisch und eine gute Ernte, um überleben zu können. Da war keine Zeit für Spiele oder Spaziergänge geblieben.

Und dazu war das Bedürfnis gekommen, ihren Vater und ihre Schwester stolz zu machen. Dieses Bedürfnis hatte bis heute nicht nachgelassen. Sie packte ihren Bogen fester und ging schneller.

„Können wir den Grünmantel des Dorfes sprechen?", fragte Tarik Henner.

„Wir haben keinen", antwortete Henner. „Wir brauchten nie einen."

Samis brauchte keinen Grünmantel? Sogar in Abekes kleinem Dorf hatte es einen gegeben – zuständig für den Nektar und die Durchführung des Bindungsrituals, wenn ein Kind elf wurde. Wenn es einem Kind bestimmt war, sich mit einem Seelentier zu verbinden, passierte das zwar auch ohne den Nektar, egal ob das Kind in Eura, Nilo oder sonst wo lebte. Aber ohne den Nektar konnte es die Bindungskrankheit bekommen und dann drohten ihm Wahnsinn oder sogar der Tod.

Abeke fand es unverzeihlich dumm von den Einwohnern von Samis, dass sie keinen Grünmantel im Dorf leben ließen. Sie setzten dadurch die Gesundheit ihrer Kinder aufs Spiel.

Aber wo waren ihre Kinder überhaupt?

Henner blieb vor einem Haus stehen, in dessen Garten Salat und Erbsen wuchsen. Eine Frau jätete Unkraut.

„Wir haben Besuch, Pia", sagte er.

Pia richtete sich langsam auf. Sie wirkte älter als die anderen Dorfbewohner, die Abeke bisher zu Gesicht bekommen hatte, obwohl ihre Haut glatt war und ihre dunkelblonden Haare keine grauen Strähnen aufwiesen. Bekleidet war sie mit einem blauen Gewand, dessen Rock unter den Knien endete. Es war mit roten Streifen gesäumt und der Kragen mit gelben Fransen besetzt. Auch die anderen Dorfbewohner trugen solche Kleider aus blauem und rotem Stoff und dieselben Filzstiefel mit aufwärtsgebogenen Spitzen, aber keinen gelben Kragen. Er war vermutlich eine Art Rangabzeichen – wie die Achselstücke an den Uniformen der Generäle oder auch Abekes eigener grüner Mantel.

„Ihr habt einen weiten Weg auf euch genommen", sagte Pia. „Aber leider empfängt Samis keine Besucher."

„Der Junge hat sich mit Briggan verbunden", erklärte Henner. „Er hat das Wolfsrudel vertrieben, das die Herde überfallen hat. Und das Mädchen aus Nilo bringt uns Geschenke aus Metall."

Abeke überreichte Pia die Töpfe und Messer. Pia nahm alles in die Hand und betrachtete die Gegenstände, als wären sie aus Gold.

„Das ist … das ist sehr freundlich. Danke." Pia lächelte. Und bei diesem Lächeln fiel auf einmal alles Unbehagen von Abeke ab. Der seltsame Eindruck, den das Dorf machte, die beschwerliche Reise und die angespannte Begrüßung, das alles verging vor der Macht dieses einen, so aufrichtig wirkenden Lächelns. Und doch hatte Abeke das Gefühl, dass sie nicht zu vertrauensvoll sein sollte.

„Wir würden gerne mit dir sprechen", sagte Tarik.

Pia presste kurz die Lippen zusammen, doch dann kehrte das Lächeln zurück und sie bedeutete ihnen, einzutreten.

Die kleine Stube war ordentlich und sauber. Auf Holzbänken lagen Lederkissen und auf einem Tischchen standen aus Knochen geschnitzte Tiere. An den Wänden hingen Karibugeweihe, an deren Spitzen man Kerzen befestigt hatte. Auf dem Boden lag ein Läufer aus geflochtenen Kiefernwurzeln.

Nachdem sie sich gesetzt hatten, sprach Meilin als Erste. Sie konnte die Worte nicht mehr zurückhalten, die sich schon so lange in ihr stauten.

„Zhong ist gefallen", sagte sie.

Pia holte scharf Luft.

„Ein neuer Schlinger hat sich erhoben und versammelt eine gewaltige Armee für seinen schrecklichen Feldzug", berichtete Tarik. „Wenn Zhong gefallen ist, wird Eura bald nachfolgen. Und wenn Eura fällt, fällt auch Samis."

„Ihr seid den weiten Weg gekommen, um uns zu warnen? Hier leben keine Soldaten, die euch bei eurem Krieg helfen könnten. Wir sind zu wenige, um …"

„Wir suchen Suka", unterbrach Tarik sie.

Pia erstarrte. Es wirkte fast, als wäre sie mit offenen Augen eingeschlafen, so regungslos saß sie da.

„Suka ist ein großer Eisbär", ergänzte Rollan. „Genauer eine Bärin. Kennst du die Legenden und alten Lieder? In denen von diesem Dorf die Rede ist, in dem du wohnst? Nein?"

Pia warf Rollan und Tarik einen schnellen Blick zu und lachte dann. „Aber natürlich, Suka! Kein Problem, sie ist gerade nicht da, aber ich erwarte sie jeden Moment zum Abendessen." Sie lachte wieder und Tarik verzog enttäuscht das Gesicht.

„Einige unserer gelehrtesten Grünmäntel haben verschiedene Legenden und Liedtexte studiert, denen zufolge Suka diesen Ort häufig besucht hat", sagte Tarik. „Angeblich wurde sie in Samis zuletzt gesehen."

„Ich kenne diese Legenden", antwortete Pia. „Aber sie sind alt. Vielleicht hat die große Suka sich ja früher gern in Samis aufgehalten, aber sie war seit vielen Menschenaltern nicht mehr hier."

„Sie pflegte aus einem Teich im Dorf zu trinken", fuhr Tarik fort. „Dürfen wir ihn sehen?"

Pia zögerte und schenkte ihnen dann wieder ihr breites Lächeln. „Natürlich. Er ist für uns ein heiliger Ort, deshalb bitte ich euch, das Wasser nicht zu berühren. Folgt mir."

Am äußersten nördlichen Ende des Dorfs wuchsen zwei uralte Weiden, deren Äste sich schützend über einen Teich breiteten. Der Teich war vielleicht ein natürliches Gewässer, aber Menschen hatten ihn mit Steinen eingefasst und sogar seinen Boden mit glatten, flachen Steinen ausgelegt. Das Wasser war so klar, dass Abeke die Steine durch das tiefe Wasser ganz deutlich sehen konnte. Die Oberfläche kräuselte sich, obwohl Abeke keinen Luftzug spürte.

„Das ist Sukas Teich“, sagte Pia. „Der Legende nach kam sie einmal im Jahr zum Trinken hierher.“

„Wie konnte sie zum Teich gelangen, wenn das Dorf doch von Palisaden umgeben ist?“, fragte Rollan.

„Du glaubst, ein Zaun könnte ein Großes Tier aufhalten?“, fragte Pia. „Außerdem hat sich das vor langer Zeit zugetragen, bevor die Palisaden um Samis errichtet wurden.“ Sie zeigte auf die Statue eines aufrecht stehenden Eisbären, die aus einem weißen Felsbrocken herausgemeißelt worden war. „Dieses Denkmal haben wir ihr zu Ehren errichtet. Aber wir haben keine Ahnung, wo sie sich versteckt.“

„Ich verstehe nicht, warum du uns so einfach anlügst“, sagte Rollan.

Pia zuckte zusammen, hatte sich aber gleich wieder gefasst.

„*Rollan!*“, flüsterte Abeke. Hatte er nicht gelernt, ältere Menschen zu achten? Wenn Abeke es gewagt hätte, so mit ihrem Vater zu reden, hätte er sie schwer bestraft.

„Das ist eine unverschämte Unterstellung, junger Mann“, sagte Pia.

Rollan zuckte mit den Schultern. „Tut mir leid, aber es stimmt. Du verbirgst etwas vor uns.“

Essix saß nicht auf Rollans Schulter. Waren Pias Lügen so offensichtlich, dass Rollan sie auch ohne Körperkontakt mit seinem Falken durchschaute? Vielleicht war auch seine Intuition noch stärker geworden.

„Du hast gesagt, Suka habe das Dorf besucht, bevor die Palisaden errichtet wurden“, sagte Meilin. „Aber die Flechten, die auf dem Holz wachsen, zeigen, dass die Palisaden wahrscheinlich auf die Zeit noch vor dem Schlinger zurückgehen.“

„Ich hatte vergangene Nacht einen Traum“, sagte Conor. „Ich habe bis jetzt gedacht, es wäre nur ein ganz normaler Traum gewesen, keine Prophezeiung. Wisst ihr, was ich meine?“

Abeke nickte. Seit seiner Verbindung mit Briggan konnte Conor manchmal vorhersehen.

„Aber jetzt erkenne ich den Teich wieder“, fuhr Conor fort. „In meinem Traum näherte sich eine Gruppe alter Leute dem Wasser. Die Gesichter der Alten waren voller Erwartung.“

Während Conor sprach, wurde Pia immer bleicher.

Abeke hatte Uraza bis dahin im Ruhezustand gelassen, weil sie niemanden erschrecken wollte, aber jetzt brauchte sie die Hilfe der Leopardin. Sie streckte langsam die Hand in Richtung des Teichs aus, als wollte sie das Wasser anlocken. Dann ballte sie die Finger zur Faust und mit einem Lichtblitz nahm Uraza Gestalt an. Pia wich erschrocken zurück und starrte entgeistert auf das zweite Große Tier, obwohl Uraza wie Briggan nicht größer war als ein ganz normales Tier ihrer Art. Die Leopardin trottete zum Ufer, als wollte sie trinken.

„Niemand darf von diesem Wasser trinken!", rief Pia. „Weder Mensch noch Tier, nicht einmal ein Großes Tier! Es ist heilig!"

Die Leopardin schnupperte am Wasser, fuhr zurück und drehte sich zu Abeke um. Etwas stimmte nicht.

„Keine Sorge, sie will gar nicht trinken." Abeke setzte sich neben Uraza und legte ihr die Hand auf den Rücken, um Pia zu beruhigen, aber auch um ihre eigenen Gedanken zu sortieren. Ihre Verbindung zu Uraza half ihr dabei.

Die Informationen über Samis waren wie ein Puzzle, wie verstreute Teile einer Geschichte. In Abekes Dorf hatte die Grünmantelfrau Chinwe häufig Puzzlestücke aus dem Geweih einer Gazelle geschnitzt. Abeke war immer gut darin gewesen, die Einzelteile zusammenzusetzen.

Bevor Abeke sich mit einem Großen Tier verband, war sie von Chinwe zur neuen Regentänzerin des Dorfes ernannt worden. Sie hatte diese Rolle nie ausfüllen können, da sie das Dorf verlassen musste. Doch jetzt rief sie sich ihre Verbindung zum Wasser ins Gedächtnis und konzentrierte sich ganz auf dieses ihr so vertraute Element. Während sie Uraza den Nacken kraulte, ließ sie ihre Gedanken in die Tiefen des Teichs eintauchen. Das Gespräch der anderen nahm sie nur noch am Rand wahr. Abeke konzentrierte ihre Gedanken ganz auf das Wasser, auf Pia und auf die Einwohner von Samis. Darauf, dass es hier keine Kinder gab und keine alten Leute. Auf Conors Traum, das Tor in den Palisaden und den *alten* Henner.

Und nach und nach fügten sich die Teile des Puzzles in ihrem Kopf zu einer Geschichte zusammen. Eine ähnliche Geschichte kannte sie schon. In Nilo hatte es der Legende zufolge einen Baum gegeben, dessen Früchte ewige Jugend schenkten. Zwei Dörfer hatten miteinander um den Besitz des Baums gekämpft und sich selbst und den Baum dabei zerstört.

Im Gespräch der anderen trat eine angespannte Pause ein. Die Luft knisterte förmlich. Abeke erhob sich.

„Es ist wirklich interessant, dass in deinem Dorf weder Kinder noch alte Menschen leben, Pia", sagte sie. „Mit diesem Wasser, das Suka getrunken hat, hat es etwas Besonderes auf sich. Uraza kann es riechen. Was bedeutet Conors Traum von den alten Menschen, die unbedingt zum Teich wollten? Ich glaube, du bist viel älter, als du aussiehst, Pia. Und ich glaube, dass der alte Henner auch alt ist. Ihr seid alle alt, seht aber nicht so aus. Und das hängt mit Sukas Teich zusammen."

Rollan blickte auf das Wasser und trat einen Schritt zurück. „Das geht nicht mit rechten Dingen zu."

„Ihr glaubt doch nicht …", begann Pia.

„Vielleicht sollten wir alle von dem Wasser trinken", schlug Tarik vor. „Nur um Abekes Überlegung zu überprüfen."

„Was meinst du denn, Tini?“, fragte Maya ihren Salamander, den sie in der Hand hielt. „Willst du ewig leben und …“

„Nein, wartet!“ Pia seufzte und setzte sich auf einen Stein am Wasser. Sie sah die anderen nacheinander an, als müsste sie etwas überprüfen, dann seufzte sie wieder. „Also gut. Suka ist immer an Neujahr hierhergekommen und hat getrunken. Die Dorfbewohner haben den Ort gemieden, weil sie das Trinken als heilige Handlung verehrten. Meine Mutter hat mir als Kind erzählt, solange wir das Wasser für Suka sauber hielten, würden wir unter ihrem Schutz stehen. Aber ich war immer neugierig. Ich wollte die Große Eisbärin mit eigenen Augen sehen. Deshalb habe ich, als ich Bürgermeisterin wurde, mein Haus in der Nähe ihres Teichs gebaut und ihr jedes Jahr beim Trinken zugesehen.“

Ein abwesender Blick war in Pias Augen getreten, als beobachte sie Suka in ihrer Erinnerung wieder beim Trinken. „Sie war riesig und schrecklich und zugleich unvorstellbar schön. Es war, als wäre der Mond vom Himmel herabgestiegen, um aus unserem Teich zu trinken. Meine Gesellschaft schien Suka nicht zu stören. Ich verhielt mich ruhig und sah nur zu, bis sie ihren Durst gestillt hatte und wieder wegtrottete. So ging das dreißig Jahre und nur wir beide wohnten diesem kleinen Ritual bei. Dann blieb Suka eines Jahres weg. Ich ging zum Teich und wartete, aber sie kam nicht mehr. Es fühlte sich ganz verkehrt an. Eine Tradition war gebrochen. Deshalb kniete ich mich an jenem Morgen in aller Frühe, kurz vor Sonnenaufgang, ans Ufer und trank selbst von dem Wasser, um dem Brauch zu genügen."

Pia machte eine Pause.

„Das Wasser hat dich verändert", sagte Tarik.

Pia nickte. „Eine tiefe Ruhe überkam mich. Meine Knochen fühlten sich an, als würden sie brennen, und eine angenehme Wärme erfasste meine Muskeln und meine Haut. Ich war damals schon Großmutter, trotzdem wurde ich scheinbar immer jünger. Seitdem hält das Wasser uns alle jung. Einige trinken es nicht und haben eine normale Lebensspanne. Andere werden ihres langen Lebens müde und hören irgendwann auf, es zu trinken. Sie altern innerhalb weniger Jahre und sterben dann friedlich. Doch wer das Wasser trinkt, bekommt keine Kinder. Alle, die heute noch in Samis leben, haben davon gekostet. Wir sind die letzten unseres Stamms."

„Glaubst du, Suka hat das Wasser getrunken, um für immer jung zu bleiben?", fragte Meilin.

Pia schüttelte den Kopf. „Das Wasser hat sich seit ihrem letzten Besuch verändert. Es war früher hellbraun wie der Fluss neben dem Dorf. Je länger Suka wegblieb, desto klarer wurde die Flüssigkeit, bis sie fast blau war. Vor Jahren hörten wir das Gerücht, dass Suka sich und ihren Talisman tief im Eis von Arctica eingefroren haben soll. Ich glaube, solange ihre Kräfte ruhen, fließt ihr lebensspendender Zauber in diesen Teich. Wenn ihr Suka aber findet und aufweckt, verliert das Wasser seine besonderen Kräfte. Dann werden die Bewohner von Samis dahinsiechen und sterben."

„Es ist ein schreckliches Risiko", sagte Tarik. „Aber wenn der Schlinger gewinnt, wird die Zukunft noch schrecklicher sein. Wir müssen Suka finden."

„Aber ich kann euch sowieso nicht helfen." Pia sah Rollan unbehaglich an und wandte den Blick wieder ab. „Ihr könnt hier übernachten, aber dann müsst ihr gehen. Ihr schlaft am besten im Stall, denn wir haben keine Herberge. Besucher könnten wie ihr das Geheimnis des Teichs herausfinden, und wenn es bekannt würde, kämen die Menschen von überall her. Ganze Kriege würden wegen des Wassers geführt werden."

Tarik nickte. „Wir werden es niemandem verraten."

Abeke murmelte zustimmend, Conor und Meilin sagten zu ihrer eigenen Überraschung genau gleichzeitig: „Auf keinen Fall."

„Auch ich kann ein Geheimnis bewahren", versicherte Maya.

„Geheimnis? Was für ein Geheimnis?", fragte Rollan grinsend.

Pia nickte zwar, wirkte jedoch nicht beruhigt.

Pia bewirtete sie in ihrem Haus mit dünn geschnittenen Scheiben Karibufleisch auf Fladenbrot sowie mit Zwiebeln und Rüben. Das Essen erinnerte Abeke an die Mahlzeiten, die sie mit ihrer Familie eingenommen hatte, und sie sehnte sich auf einmal nach dem scharfen Brennen einer Bhut-Jolokia-Chili oder den aus getrockneten Gräsern hergestellten Gewürzen ihrer Heimat. Sofort verdrängte sie ihre Gefühle wieder und versuchte nicht daran zu denken. Denn mit der Sehnsucht nach dem Essen zu Hause überfielen sie jede Menge weitere Erinnerungen. An die Hände ihres Vaters, wenn er Pfeilschäfte glatt schliff, oder an die Stimme ihrer Schwester beim Singen. Abeke vermisste sie mehr als den Pfeffer und die Gewürze. Sie verspürte einen Stich im Herzen, als ihr klar wurde, dass die beiden sie wahrscheinlich nicht vermissten.

Sie schloss die Augen, drängte ihre Gefühle eisern zurück und konzentrierte sich wieder auf die Abeke in Nordeura, die zu den Grünmänteln gehörte und vielleicht nie wieder nach Hause zurückkehren würde.

Uraza schob ihren dicken Kopf unter Abekes Hand und rieb ihn daran. Abeke stellte ihren Teller auf den Boden und ließ die Leopardin den Rest des Fleischs fressen.

Anschließend machten sie es sich auf dem frischen Heu bequem, mit dem der Boden des Stalls bestreut war. Tarik sprach davon, dass sie am folgenden Tag nach Norden weiterreisen und Arctica auf eigene Faust erkunden würden.

„Conor, kannst du nicht heute Nacht träumen, wohin genau wir gehen müssen?“, fragte Abeke.

„Ich werde mein Bestes geben“, antwortete Conor mit einem Lächeln.

„Aber klingt das denn glaubhaft, dass Suka sich selbst eingefroren hat?“, fragte Rollan. „Es hat sich zwar nicht so angehört, als würde Pia lügen, aber irgendwie finde ich das unwahrscheinlich.“

„Ich nicht“, sagte Conor und warf zu Briggans Unterhaltung einen Stock durch die lang gestreckte Scheune, den der Wolf ihm bringen sollte.

„Aber es klingt doch seltsam. Oder?“ Rollan sah die anderen an. „Dass ein Bär sich selbst einfriert? Wie soll das überhaupt gehen?“

„Ich kenne mindestens ein Dutzend Methoden“, sagte Meilin. „In Zhong frieren sich weise Männer und Frauen regelmäßig ein.“

„Warum denn das?“, fragte Rollan entgeistert.

„Es ist viel angenehmer, die Sommerhitze im Eis zu verbringen“, erklärte Meilin.

„Pff!“, schnaubte Rollan und warf die Arme in die Luft.

Meilin lächelte ein wenig, aber nur ganz kurz.

„Und ich dachte, du würdest sofort merken, wenn jemand lügt“, murmelte Conor spöttisch.

„Zumindest weiß Pia mehr, als sie sagt“, erwiderte Rollan. „Ich glaube immer noch, dass sie uns helfen könnte.“

„Aber wir können sie nicht dazu zwingen“, warf Tarik ein.

„Ich könnte ihr Haus niederbrennen oder etwas in der Art“, sagte Maya und gähnte.

Abeke fuhr hoch und starrte sie an.

Maya lachte. „Das war ein Scherz!“ Sie legte sich auf das Heu. „Ich meine, ich wäre dazu in der Lage, aber ich mache es nicht. Tini und ich, wir tun anderen nicht gern was zuleide, nicht wahr, Tini? Nein, das tun wir nicht, du süßer Fratz mit deinen klebrigen Füßen.“

Am Morgen wachte Abeke davon auf, dass Uraza niesen musste. Uraza lag neben ihr, sie war ausgestreckt länger als Abeke. Abwesend kraulte Abeke ihr den Bauch und hörte sie schnurren. Es war so laut wie ein Erdbeben und würde die anderen bestimmt wecken.

Da drang durch das Fenster plötzlich Lärm, wütende Rufe, die so gar nicht zu dem perfekten Puppendorf Samis passten.

Davon wachten auch die anderen endgültig auf. Hastig eilten sie nach draußen zum Dorfplatz.

Als Erstes fiel Abeke ein Loch in den Palisaden auf. Es war so groß, dass eine Person hindurchklettern konnte.

Und das hatten bereits ein paar Leute getan.

„Shane!“, rief Abeke.

Vor dem Loch stand eine kleine Gruppe von Eroberern,

aber Abeke blickte nur auf Shane – blond und breitschultrig, das Gesicht und die Arme von der Sonne Zhongs gebräunt. Der Anblick seines Lächelns weckte tausend Erinnerungen an die Stunden, in denen sie gemeinsam trainiert, gelacht und sich Geschichten erzählt hatten. Wie sie mit Gischt auf den Lippen am Bug des Schiffs gestanden und den Wind im Gesicht gespürt hatten. Die ganze Welt hatte ihnen gehört. Bis dahin hatte Abeke nicht gewusst, wie es war, mit jemandem zusammen zu sein, der sie mochte und achtete und der sich freute, wenn er sie sah.

Sie spürte, wie ihre Gefährten erstarrten, und hörte sie ihre Schwerter ziehen. Bei ihrer letzten Begegnung, während der Schlacht am See des Elefanten, hatte Abeke nicht gewusst, wie sie auf Shane reagieren sollte. Doch jetzt konnte sie nicht anders: Sie ging zu Shane, um ihm die Hand zu geben. Er kam ihr zu ihrer Überraschung mit ausgebreiteten Armen entgegen und umarmte sie freudig.

„Ich habe dich vermisst, Abeke", flüsterte er in ihre Haare. „Ich freue mich so, dich hier zu treffen."

Abeke schloss die Augen, die auf einmal feucht waren.

„Zurück!", brüllte Conor. Er zog Abeke von Shane weg und wandte sich ihm mit erhobenem Hirtenstab zu. Briggan stand geduckt neben ihm. „Wenn du Abeke noch einmal anfasst, schlage ich dich so zusammen, dass du dich nicht mehr rühren kannst!"

Meilin, die neben Conor stand, fackelte nicht lange und

wollte sich gleich mit den Fäusten auf Shane stürzen. Sofort schob sich ein groß gewachsener Zhongese vor Shane und verteidigte ihn. Er parierte Meilins Fausthiebe mit den Armen und griff sie seinerseits mit der flachen Hand an. Taumelnd wich sie zurück.

Sie ließ Jhi frei. Der Panda setzte sich in aller Ruhe hinter ihr auf das Gras und wirkte völlig harmlos. Aber Meilin hob lächelnd die Fäuste und sagte zu dem Mann: „Jetzt noch mal."

„Nein, Meilin und Conor, halt!", rief Abeke und trat zusammen mit Uraza vor Shane.

„Wir sind nicht gekommen, um zu kämpfen", sagte der. „Bitte, wir wollen nur reden."

„Ein Loch in die Palisaden zu schlagen vermittelt eine andere Botschaft", rief der alte Henner.

„Ich entschuldige mich dafür", sagte Shane. „Meine Gefährten waren übereifrig, als ihr uns das Tor nicht geöffnet habt. Ich werde es eigenhändig reparieren, das verspreche ich."

„Ich mache dich gleich eigenhändig fertig", stieß Meilin zwischen zusammengebissenen Zähnen hervor.

Abeke und Uraza wichen nicht von der Stelle.

„Es ist so viel passiert und es hat so viele Tote auf beiden Seiten gegeben", sagte Shane. Seine Stimme schmolz wie Butter auf warmem Brot. „Bevor noch jemand sterben muss, lasst uns miteinander reden."

Abeke betrachtete Shanes Gefährten genauer. Neben dem Zhongesen standen die beiden Mädchen, die sie in Trunswick kennengelernt hatten. Die weißblonde Tahlia hielt ihren Frosch mit beiden Händen wie einen Ball, den sie gleich werfen würde – als spielte sie ein schreckliches Spiel, dessen Regeln nur sie kannte. Einen Schritt hinter ihr kauerte Ana geduckt neben ihrer Gila-Krustenechse. Sie kraulte die Echse wie eine Katze, aber durch den Vorhang aus nachtschwarzen Haaren blickten ihre dunklen Augen hasserfüllt auf die Grünmäntel.

Auf Shanes anderer Seite standen zwei große, soldatisch wirkende Männer. Der eine saß auf einem Ochsen, der andere hatte einen braunäugigen Luchs als Seelentier, der ihm um die Knöchel strich. Die beiden kamen Abeke vage vertraut vor, als hätte sie ihre Gesichter schon einmal in den Reihen der Eroberer gesehen. Neben ihnen stand eine Frau aus Amaya, die Abeke nicht kannte. Sie hatte hellbraune Haut, dunkle Augen und lange, glatte schwarze Haare. Sie trug ein dunkelviolettes langes Reisekleid, das an den Ärmeln und am Saum mit gelben und weißen Stickereien gesäumt war. Auf ihrer Schulter saß ein ernst dreinblickender Rabe. Doch was Abeke am meisten auffiel, war der traurige Blick auf ihrem schönen Gesicht.

„Dann rede“, sagte Tarik. „Wir hören.“

„Tarik!“, fauchte Meilin. Sie hatte die Knie leicht angewinkelt und die Hände zu Fäusten geballt. „Wir wissen doch, was die wollen und dass ihnen dazu jedes Mittel recht ist. Deshalb sollten wir gegen sie kämpfen."

„Meilin", befahl Tarik, „komm bitte her!"

Meilin gehorchte nach kurzem Zögern. Abeke ging ebenfalls zu den anderen und sie besprachen sich leise. Uraza und Briggan standen wie Wachposten zwischen ihnen und den Eroberern. Sie hatten die Zähne gefletscht.

Meilin und Conor sahen Abeke wütend an. Rollan dagegen wirkte seltsam abgelenkt und starrte über die Schulter auf die Eroberer.

„Wir können uns jetzt nicht auf die Suche nach Suka machen", sagte Tarik. „Wenn wir weg sind, könnten Shane und seine Leute durch Überredung oder Erpressung dieselben Informationen aus Pia herausholen und dann finden sie den Talisman womöglich noch vor uns."

„Also kämpfen wir doch lieber", sagte Meilin.

„Ich bin nicht sicher, ob wir die Eroberer besiegen können", erwiderte Tarik.

„Ich könnte Shane schlagen", erklärte Conor, „ganz bestimmt. Ich habe davon geträumt."

„Ein prophetischer Traum?", fragte Tarik.

Conor zögerte. „Ich habe das mehr sinnbildlich gemeint", sagte er dann. „Es war kein Traum, wie man ihn nachts träumt, sondern mehr eine Wunschvorstellung."

„Also ein Tagtraum", sagte Meilin. „Du hast dir ausgemalt, wie du ihn zusammenschlägst."

Conor nickte. „So ungefähr."

„Ja, diesen Tagtraum hatte ich auch", murmelte Rollan.

„Shane führt ganz bestimmt nichts Böses im Schilde", versicherte Abeke. „Er hat doch nicht mal seinen Vielfraß aus dem Ruhezustand geweckt. Das tut er so gut wie nie, wenn er uns begegnet, und das zeigt doch, dass er nicht kämpfen will."

„Nichts Böses?", wiederholte Meilin und ihre Augen sprühten Funken. „Er hilft dem Verbrecher, der meine Heimat zerstört hat und für den Tod meines Vaters verantwortlich ist. In meinen Augen ist das unverzeihlich."

Abeke schloss die Augen und öffnete sie langsam wieder. „Was die Eroberer getan haben, ist wirklich kaum zu verzeihen. Aber es hat nichts mit Shane zu tun. Shane ist anders. Er ist überzeugt, dass er auf der richtigen Seite steht, genauso wie ich damals."

„Er ist unser Gegner", sagte Meilin ganz langsam und betont wie zu einem Kind.

„Ich weiß, dass er für unseren Gegner arbeitet", gab Abeke zurück. „Aber ich glaube, dass er eines Tages erkennen wird, wer der Schlinger wirklich ist."

„Du hoffst also insgeheim, dass Shane alles aufgibt, was ihm jetzt wichtig ist – dass er eine komplette Kehrtwendung macht?", fragte Meilin.

„Es ist möglich. Ich habe es auch getan."

„Ja, und als ich gesehen habe, wie du den Botenjungen

des Schlingers umarmt hast, wurde mir auch klar, wie ernst es dir damit ist."

Abeke zuckte zusammen.

„Genug!", rief Tarik streng und runzelte die Stirn. „Wir dürfen nicht zulassen, dass sie uns auseinanderbringen. Wir hören uns an, was sie zu sagen haben, und dann …"

Ein dumpfes Knacken ertönte, als hätte jemand mit einem Hammer auf etwas Weiches geschlagen. Abeke hob erschrocken den Kopf. Shane kniete auf dem Boden und seine Nase blutete. Meilin stand mit kampfbereit erhobenen Fäusten einige Schritte von ihm entfernt – scheinbar zu weit weg, um ihn geschlagen zu haben, aber Abeke wusste, wie schnell sie sich bewegen konnte.

„Nicht, Meilin!", rief sie. Einen Augenblick lang fühlte sie sich wieder zu der Schlacht bei Dineshs Tempel zurückversetzt. Knietief hatte sie im Wasser gestanden und die Luft war extrem feucht gewesen, sodass Abeke das Atmen schwergefallen war. Scharen von Eroberern waren ihnen entgegengeflutet wie Ameisen, die über ein Stück Brot herfielen. Einer der Soldaten hatte sie angegriffen, doch Shane hatte ihn mit seinem Krummsäbel abgewehrt. Er hatte ihr das Leben gerettet, obwohl er doch eigentlich ihr Feind war.

Und jetzt kniete er vor ihr und seine Nase blutete wegen Meilins Faust.

Seine Begleiter schrien empört durcheinander und hatten ihre Schwerter gezogen.

„Na los!“, rief Meilin. „Blut habt ihr schon geschmeckt, aber ich habe noch viel mehr für euch in petto.“

Der Ochse, dessen Reiter abgestiegen war, bäumte sich auf und griff Meilin an. Sie sprang und drückte sich von seinem Schädel ab. Dann schlug sie einen Salto in der Luft, so schnell, dass Abeke ihr mit den Augen kaum folgen konnte, und landete mit den Fersen voraus im Gesicht des Reiters.

„Genug!“, riefen verschiedene Stimmen, aber keine gehörte dem Besitzer des rasenden Ochsen, der deshalb mit Schaum vor dem Maul erneut angriff.

Meilin machte sich bereit, ihm auszuweichen, da sah Abeke, wie Jhi dem angreifenden Tier entgegentrottete.

„Jhi!“, schrie Meilin und senkte die Fäuste.

Jhi starrte Meilin mit ihren silberfarbenen Augen an. Erst kurz vor dem Zusammenstoß wandte sie sich dem angreifenden Ochsen zu. Entgeistert beobachtete Abeke, wie der Ochse schlitternd anhielt, sich hinkniete und anfing, Jhis Pfote zu lecken.

„Genug!“, rief Pia wieder und erst jetzt erinnerte Abeke sich daran, dass auch Tarik und Shane schon „genug“ gerufen hatten. Pia war auf dem Dorfplatz eingetroffen. Auf ihrem Gesicht lag trotz des dramatischen Geschehens dasselbe starre Lächeln wie immer. Abeke beschlichen allmählich Zweifel an dessen Aufrichtigkeit.

„In Samis wird nicht gekämpft“, erklärte Pia.

„Du hast unerwartet viele Besucher, Pia", sagte Tarik, während er Meilin mit der Hand auf der Schulter zurückhielt. „Wenn du mit Shane sprichst, möchte ich dabei sein."

Pia nickte und wandte sich zum Gehen. Tarik und Shane folgten ihr. Abeke hoffte, Shane würde sich noch einmal umdrehen, damit sie ihm aufmunternd zulächeln oder sonst wie signalisieren konnte, dass es ihr leidtat. Doch er hielt den Kopf gesenkt und drückte ein Tuch an seine blutende Nase.

„Abeke und Conor, ihr behaltet die da im Auge." Tarik wies mit einem Nicken auf die beiden finsteren Amazonen Tahlia und Ana und die geheimnisvolle Frau. „Und Meilin", fügte er hinzu.

Abeke nickte. Sie war fest davon überzeugt, dass Uraza jederzeit mit den anderen Seelentieren fertig werden konnte. Und nach dem Vorfall mit Meilin war sie selbst so angespannt und erregt, dass sie sich nichts sehnlicher wünschte, als zu kämpfen. Nur gegen wen? Shanes Gefährten? Meilin? Oder vielleicht sich selbst?

Sie legte Uraza die Hand auf den Kopf und holte tief Luft. Sie musste unbedingt Ruhe bewahren. Für Shane.

Aidana

Alle anderen standen mit gezogenen Waffen und ihren Seelentieren auf dem Dorfplatz. Essix war verschwunden und Rollan kam sich ungeschützt und angreifbar vor. Er hatte zitternde Hände und einen staubtrockenen Mund. Nur deshalb vermied er es, die Frau mit dem Raben anzusehen. Er redete sich zumindest ein, dass dies der Grund dafür war.

Von den anderen unbemerkt, schlüpfte er hinter ein Haus und ging an dem Palisadenzaun entlang.

„Essix!“, zischte er. „Bitte, Essix, komm!“

Er konnte ihr nicht wirklich Vorwürfe machen. Dort zu sein, wo andere einen erwarteten, führte nur zu Unannehmlichkeiten. Das hatte er auf den Straßen von Concorba auf die harte Tour gelernt. Man musste immer in Bewegung bleiben. Wer am selben Ort blieb, wurde von den anderen Straßenkindern gefunden und verprügelt. Dem wurden die Decke und der letzte Brotkanten geklaut, bis er nichts mehr zum Leben hatte.

Rollan verstand Essix also. Er wünschte nur, sie würde wenigstens hin und wieder auftauchen und Rollans Ruf als verwegener Krieger mit einem getreuen Seelentier im Schlepptau stärken. Wer auf der Straße wehrlos wirkte, hatte schon verloren.

„Essix!“, flüsterte er wieder. Seine Stimme zitterte immer noch von der Begegnung mit Shane – vor allem wegen der Frau in seiner Begleitung. Es war unmöglich, er wusste es. Aber sie hatte so sehr ausgesehen wie … Er schüttelte den Kopf, wütend auf sich selbst, weil er sich von einem vertraut aussehenden Gesicht so verwirren ließ.

Er kroch hinter eines der lächerlich herausgeputzten Häuschen mit ihren kunstvoll bemalten Fensterläden. Aus der Gegenrichtung hörte er Schritte näher kommen. Bestimmt würde er gleich einer der hochgewachsenen, goldhaarigen Schönheiten begegnen, die dieses sonderbare Dorf bevölkerten.

Doch es war die Frau.

Ihre Haare waren schwarz wie die Flügel ihres Raben. Dick und glatt hingen sie ihr bis zur Hüfte. Ihre Augen waren groß und dunkel, die Haut braun wie knusprig gebackenes Brot und ihr Gesicht breit. Rollan bekam auf einmal nur noch mühsam Luft. Etwas ist schön, hatte er gelernt, wenn man es gerne ansieht. Und das Gesicht der Frau war für ihn lange der schönste Anblick der Welt gewesen. Jahrelang hatte er im Gedränge von Concorba unwillkürlich nach diesem Gesicht Ausschau gehalten. Täglich, ununterbrochen, auch wenn die Sinnlosigkeit seines Tuns noch so schmerzte.

Irgendwann hatte er es endgültig aufgegeben, nach ihr zu suchen, an sie zu denken oder zu hoffen, dass er sie noch finden würde. Er war davon überzeugt gewesen, dass sie tot war.

Und jetzt begegnete ihr Gesicht ihm wieder – einen ganzen Ozean entfernt in einem merkwürdigen kleinen Dorf am nördlichen Rand der Welt.

Nein, sie kann es nicht sein, dachte er.

Aber als die Frau jetzt die Hände hob, sah er, dass sie zitterten. Sie schien sie nach ihm ausstrecken zu wollen, doch dann zögerte sie und ließ sie wieder sinken. Sie blickte sich um und wandte sich ihm dann wieder zu. Ihre Augen waren weit geöffnet, als könnte sie gar nicht genug von seinem Anblick bekommen.

„Rollan“, flüsterte sie, „bist das wirklich du?“

Er nickte. Ihm schwindelte und seine Beine fühlten sich merkwürdig dick und schwer an, wie Sandsäcke.

„Rollan!“, sagte sie wieder.

Dann begann sie zu weinen.

Sie ließ sich auf einem Stein nieder und er nahm das als

Anlass, sich ebenfalls zu setzen, weil er nicht wusste, wie lange seine Beine ihn noch tragen würden. Er spürte die Wärme ihres Arms dicht an seinem und konnte nicht fassen, dass sie leibhaftig neben ihm saß. Sie war nicht das Wunschbild eines zutiefst unglücklichen Jungen, sondern Wirklichkeit.

„Ich bin Aidana. Aber … du weißt wahrscheinlich, wer ich bin?“

Er nickte stumm.

„Es tut mir so leid“, sagte sie, „so unendlich leid. Du weißt das, ja? Du weißt, dass ich dich nicht verlassen hätte, wenn es möglich gewesen wäre, dass ich … wenn ich nicht … wenn ich dich nicht aus Liebe hätte verlassen müssen?“

Sie wischte ihre Tränen nicht weg, sondern ließ sie über die Wangen strömen, während sie ihn ununterbrochen ansah.

Rollan spürte, wie ihm innerlich kalt wurde. In Concorba hatte er einmal ein Mädchen allein auf der Straße sitzen sehen, das laut schluchzte. Niemand hatte es beachtet, nur er war zu ihm gegangen, um zu fragen, ob er ihm helfen könne. Da waren die Komplizen des Mädchens aus einem Versteck gestürzt, hatten ihn verprügelt und ihm die wenigen Pfennige abgenommen, die er an diesem Tag zusammengebettelt hatte. Das Mädchen war davongerannt. Es hatte nicht mehr geschluchzt, sondern gelacht.

Instinktiv auf einen Überfall gefasst, sah Rollan sich um. Doch niemand sprang aus einem Versteck.

„Kann ich … ich weiß, dass ich nicht wiedergutmachen kann, was ich dir angetan habe, aber darf ich dir erklären, warum ich es getan habe?"

Er nickte wieder, weil ihm nichts anderes einfiel.

Aidana holte tief Luft und dann sprudelten die Worte nur so aus ihr hervor, als hätten sie sich schon lange Zeit in ihr aufgestaut.

„Ich wollte dich nicht verlassen. Kannst du mir das glauben? Ich hatte keinen Vater und keine sonstigen Angehörigen außer einer Mutter, die ständig trank. Niemand vollzog die Nektarzeremonie bei mir, als ich elf wurde. Mit vierzehn kam Wikerus zu mir." Sie nickte in Richtung des Raben, der über ihnen auf dem Ast eines Baums hockte. „Wir verbanden uns ohne Nektar. Mir war, als wäre ich auseinandergerissen worden." Sie drückte die Hände an den Kopf. „Mein Kopf, meine Eingeweide, alles tat fürchterlich weh. Ich glaube, ich habe tagelang im Fieber gelegen. Als ich wieder zu mir kam, war meine Mutter verschwunden. Aber Wikerus blieb. Er bleibt immer."

Der Rabe drehte den Kopf und starrte Rollan aus einem runden Auge heraus an.

„Ich schlug mich durch, so gut ich konnte, und kämpfte mit der Bindungskrankheit. Es ging mir nicht gut. Und als ich mit dir schwanger wurde … ich habe es versucht,

Rollan.“ Ihre Stimme brach. „Du warst so vollkommen! Ein so vollkommenes Baby. Manchmal, wenn ich dich in den Armen hielt, fühlte ich mich fast normal. Aber dann wieder …“

Ihr Blick verdunkelte sich.

Das einzige Bild, an das Rollan sich aus seiner frühen Kindheit erinnerte, war ihr Gesicht, ihr schönes Gesicht, das sich in sein Herz gebrannt hatte. Doch während sie sprach, kamen weitere Erinnerungsfetzen in ihm hoch. Ihr wutverzerrtes, schreiendes Gesicht. Eine Flasche, die durch eine Gasse flog, Glas, das zerbrach, Scherben, die in alle Richtungen flogen und ihm die Wangen zerschnitten. Seine Mutter, die wild um sich schlug und mit den Fäusten eine Wand bearbeitete, während er verängstigt auf einer Treppenstufe hockte. Er selbst, wie er allein und frierend durch eine Gasse zog und sie suchte und endlich schlafend auf dem kalten Pflaster fand. Und wie er sich an sie schmiegte, um sie beide zu wärmen und zu verhindern, dass sie ihn wieder verließ.

„An manchen Tagen wusste ich nicht mehr, wer ich war – oder wer du warst“, fuhr Aidana fort. „Einmal hast du mich weinend mitten in der Nacht geweckt. Wir übernachteten ganz oben auf dem Dachboden eines verlassenen Gebäudes und ich hielt dich im Delirium für eine Ratte, die mich angriff. Also packte ich dich und hätte dich fast …“ Sie holte erschaudernd Luft. „Danach wusste ich, dass ich dich weggeben musste, bevor ich dir noch etwas Schreckliches antat. Ich brachte dich also zu einem großen Haus mitten in der Stadt. Dort wohnte eine Familie, die ich seit einiger Zeit beobachtete. Die Eltern hatten viele Kinder und nachts waren die Fenster immer hell erleuchtet, offenbar hatten sie jede Menge Geld für Kerzen. Ich dachte also, sie könnten es sich leisten, auch noch dich aufzuziehen. Vielleicht würden sie dich ja sogar lieb gewinnen."

Rollan konnte sich nicht daran erinnern, wie das Haus ausgesehen hatte.

Aidana wischte sich die Tränen weg, während sie weitersprach. „Zuerst habe ich dir das Gesicht gewaschen und die Hände. Dann deine süßen kleinen Füße. Du ... du hattest keine Schuhe, aber du solltest wenigstens saubere Füße haben, damit deine neuen Eltern wussten, dass du ein braver Junge warst. Und dann ... und dann küsste ich dich auf die Wangen und ermahnte dich, brav zu sein und dich nicht vom Fleck zu rühren, bis deine nette neue Familie dich abholte. Ich klopfte an die Tür und ... und rannte weg."

Rollan hatte gar nicht gemerkt, dass auch er weinte, bis er etwas Feuchtes spürte, das ihm die Wangen hinunterlief.

„Ich habe auf der anderen Straßenseite gewartet, bis jemand die Tür öffnete. Ich wusste, dass sie dich aufnehmen und für dich sorgen würden. Du warst so ein aufgeweckter kleiner Junge, ich war überzeugt, dass sie das sofort merken würden. Also bin ich weggelaufen. Und … an die folgenden Jahre kann ich mich kaum erinnern. Ich war nicht immer klar im Kopf. Aber irgendwie habe ich überlebt. Wikerus stahl für mich Obst von Bäumen und Brot, das zum Abkühlen auf Fenstersimsen lag. Er verließ mich auch nicht, wenn es mir richtig schlecht ging. Manchmal hat er mich allerdings gebissen und gekratzt. Auch er hatte die Bindungskrankheit."

Sie strich sich unbewusst mit den Fingern über die Wange und Rollan bemerkte einige blasse Narben. Er befühlte mit den Fingern die alten Narben an seinem Handgelenk und fragte sich, ob diese auch von Wikerus stammten.

„Ich war wohl so gut wie tot, als Zerif mich fand. Er gab mir den Gallensaft zu trinken und langsam lichtete sich das Dunkel in meinem Kopf. Der Trank heilte uns beide von der schrecklichen Krankheit. Zerif hat uns gerettet, Rollan, mich und Wikerus. Ihm verdanke ich alles. Deshalb diene ich ihm jetzt – ihm und dem Reptilienkönig. Der Reptilienkönig ist nicht der böse ‚Schlinger', für den ihr ihn haltet. Die Eroberer suchen auf der ganzen Welt nach Leuten wie mir, die den Grünmänteln egal waren und denen sie nicht geholfen haben, verflucht seien sie."

Sie betrachtete Rollan, als fiele ihr auf einmal auf, dass er keinen grünen Mantel trug, und lächelte zustimmend. Doch das Lächeln verging schnell wieder.

„Sag doch auch was, Rollan", bat sie leise.

Rollan leckte sich die Lippen und versuchte seinen Mund zu befeuchten. „Mutter?“ Seine Stimme war nur ein heiseres Flüstern.

Sie nahm seine Hände und rieb sie, wie um sie zu wärmen. Die Geste war ihm schmerzhaft vertraut.

Er traute sich kaum, die Frage zu stellen, tat es aber trotzdem. „Und als es dir wieder gut ging, hast du dann nach mir gesucht?“

„Ja“, sagte sie, sichtlich erleichtert, dass er sie danach fragte. „Das habe ich. Ich bin zu dem Haus gegangen, aber es war verkauft worden und die neuen Besitzer wussten nicht, wohin ihre Vorgänger gezogen waren. Ich hoffte, deine neue Familie sei aufs Land gezogen – wo es vielleicht Tiere gab und frische Luft und viel gutes Essen. Seid ihr aufs Land gezogen?“

Was sollte er sagen? Sie hatte gesehen, wie jemand die Tür geöffnet hatte, war aber verschwunden, bevor sie sehen konnte, dass die Tür sich beim Anblick des zerlumpten kleinen Jungen wieder geschlossen hatte. Er wusste nicht mehr, wie lange er vor dem großen Haus darauf gewartet hatte, dass die Familie ihn hereinholte. Genauso wenig wusste er noch, wie lange er durch die Gassen gewandert war und nach seiner Mutter gesucht hatte, bis er schließlich aufgegeben und sich irgendwo einen einsamen Schlafplatz gesucht hatte. Sollte er ihr von den langen Jahren des Hungers, der Angst und der Einsamkeit erzählen, in denen er fast alles getan hatte, um zu überleben? All die Jahre, in denen er von einer Mutter geträumt hatte, die seinen Kopf an ihre Brust bettete, damit er mit ihrem Herzschlag im Ohr einschlafen konnte? Oder sollte er sie zu ihrer Beruhigung anlügen?

Er war noch zu keinem Entschluss gekommen, da krächzte plötzlich der Rabe – ein misstönendes, unnatürlich lautes Geräusch. Flügelschlagend stieg Wikerus auf. In diesem Moment stürzte sich Essix hinab.

Sie kreischte, als sie den Raben sah. Die beiden Vögel trafen in der Luft aufeinander und gingen mit ausgestreckten Krallen aufeinander los.

„Nicht!“, rief Aidana. „Lass ihn in Ruhe!“

„Essix!“, schrie Rollan und sprang auf.

Der Falke flog an Rollan vorbei, machte kreischend kehrt und griff den Raben erneut an. Wikerus wehrte sich mit einem hässlichen Krächzen.

„Essix, tu ihm nichts!“

Essix stieg zum Himmel auf, um sich so weit wie möglich von Wikerus zu entfernen.

„Essix?“, fragte Aidana und blinzelte ungläubig. „Natürlich, du bist eines der Kinder, die Bindungen mit den Vier Gefallenen eingegangen sind.“

„Tut mir leid“, sagte Rollan. „Ich weiß nicht, warum Essix den Raben angegriffen hat.“

„Ist schon gut, Wikerus ist ja nichts passiert.“ Aidana

nahm Rollans Hand in ihre Hände und drückte sie fest. „Nichts soll uns von unserem Wiedersehen ablenken."

Rollan lächelte und wollte sich freuen, aber er fühlte sich unbehaglich. Essix hatte ihn vor Monaten vor Zerif gewarnt. Sie hatte damals Recht behalten und seitdem noch unzählige andere Male. Die Erinnerung an Zerif und die Eroberer, die Meilins Vater getötet hatten, war noch so frisch wie eine blutende Wunde.

Am liebsten hätte er seine Bedenken ignoriert und sich an seine Mutter geschmiegt wie früher. Doch in den wenigen Zentimetern, die sie noch trennten, lagen die ganzen einsamen Jahre auf der Straße, die Spur der Verwüstung, die die Eroberer hinterließen, und jetzt auch noch der Kampf zwischen dem Raben und dem Falken.

„Ich muss … äh … nachsehen, wo die anderen sind", stotterte er und wandte sich ab. Er ging bevor er es sich anders überlegen konnte. Im Weggehen spürte er einen stechenden Schmerz in der Brust, als würde etwas in ihm zerreißen.

Sein Herz hämmerte, es kribbelte ihn am ganzen Leib, das Blut rauschte ihm in den Ohren und sein Körper sehnte sich nach Betätigung. Er brauchte jetzt jemanden, dem er die Schuld an seinem Leid geben und auf den er einschlagen konnte. Er begann zu laufen und rannte den Zaun entlang.

Bei Pias Haus wurde er langsamer. Aus dem geöffneten

Fenster drangen Stimmen. Er zwang sich dazu, langsamer zu atmen, schlich sich näher und blieb geduckt unter dem Fenster stehen.

„Erzähl Pia, was du willst, Shane, aber erwarte nicht von mir, dass ich deinen Lügen glaube!", rief Tarik gerade. Er hatte wütend die Stimme erhoben, was er sonst nie tat. Offenbar ging ihm die Schlacht bei Dineshs Tempel auch noch nach.

„Tarik, bitte!", sagte Shane. Er klang trotz Tariks Wut ganz ruhig. „Du brauchst dir keine Sorgen zu machen. Nur ich kann Pia und ihr Dorf schützen."

Rollan hörte Schritte auf dem gekiesten Weg und fuhr vom Fenster zurück. Pia ging mit einem Krug zum Brunnen. Drinnen stritten Tarik und Shane weiter.

„Hast du etwas Interessantes gehört?", fragte Pia und ließ einen Eimer zum Wasser hinunter. Sie wirkte müde und nicht einmal ihr ständiges Lächeln konnte ihre Traurigkeit überdecken.

„Pia, ich muss dir etwas sagen. Ich bin kein Grünmantel und mische mich auch nicht gern in die Angelegenheiten anderer Leute ein. Ich finde, jeder sollte sich vor allem um seine eigenen Sachen kümmern. Aber ich habe gesehen, was Shane und seine Verbündeten tun. Sie kennen keine Gnade und töten jeden, der ihre Pläne behindert."

„Und was sind ihre Pläne?", fragte Pia ruhig und kippte Wasser in den Krug.

„Sie wollen alles zerstören und alles beherrschen. Kein Ort ist vor ihnen sicher. Wenn Shane schon hier ist, ist die Armee der Eroberer nicht mehr weit. Und man kann sich vor ihnen nicht verstecken, nirgendwo. Nichts wird bleiben, wie es ist. Zhong ist bereits gefallen und die Eroberer sind dabei, Nilo und Eura zu überrennen. Bitte hilf uns. Es geht nicht darum, ob ihr euer langes Leben behalten könnt, sondern darum, ob überhaupt jemand überlebt oder alles zerstört wird."

Pia nickte. Sie wirkte nicht überrascht, und Rollan fragte sich plötzlich, ob sie etwa so alt war, dass sie sich noch an den Krieg gegen den ersten Schlinger erinnerte.

„Wir brauchen dich, um Suka zu finden", sagte er. „Bitte hilf uns. Irgendjemand wird Suka aufspüren, sie aufwecken und ihren Talisman verlangen. Wenn wir es nicht sind, dann sind es die Eroberer."

Pia presste die Lippen zusammen und ließ den Blick über das Dorf wandern, als sehe sie es zum letzten Mal. Er hatte das Gefühl, dass sie überlegte, wie sie ihn abwimmeln konnte.

Dann drangen wieder die lauten Stimmen von Tarik und Shane durch das Fenster und Pia seufzte.

„Entschuldige, aber ich muss zu meinen Gästen", sagte sie.

Sie wandte sich zum Gehen. Essix kreischte laut über ihren Köpfen. Im selben Moment sah Rollan, wie Pias

Hand zu ihrer Schürzentasche wanderte, als würde sie sich vergewissern, dass dort etwas steckte.

Er eilte ihr nach und holte sie in der Küche ein.

„Was hast du da versteckt?", fragte er und zeigte auf die Schürzentasche.

Pia lächelte noch immer, doch gleichzeitig runzelte sie die Stirn. Sie steckte eine Hand in die Tasche und sah ihn unentschlossen an. „Ich wollte das einem von euch geben. Ich glaube, dass du und deine Freunde mehr Chancen habt, Suka zu finden, als die anderen."

Sie klang, als wäre sie aufrichtig davon überzeugt.

Ein warnender Ruf schreckte Rollan auf – er kam von Essix. Rollan drehte sich um und sah Wikerus außen an der offenen Küchentür vorbeifliegen. Der Rabe flatterte zu Aidana, die gerade aus einem kleinen Wäldchen kam.

„Rollan?", rief sie im selben Moment, in dem Pia etwas Schweres in Rollans innere Jackentasche steckte und dann in ihre Stube zurückeilte.

Abgelenkt durch das Auftauchen seiner Mutter, hatte Rollan nicht auf Pias Gesichtsausdruck geachtet. Er spähte in die Tasche – ein Kompass. Warum sollte Pia ihm einen Kompass geben?

Er kehrte nach draußen zurück. Die grelle Morgensonne blendete ihn und er blinzelte.

„Alles in Ordnung, Rollan?", fragte Aidana und kam näher. „Du bist einfach weggelaufen."

Muss in der Familie liegen, dachte er.

Doch jetzt stand sie vor ihm – seine Mutter – lebendig und wirklich. Das Gesicht aus seinen Träumen war nicht die Einbildung eines unglücklichen, einsamen Waisenjungen gewesen. Und seine Brust schmerzte an der Stelle, an der etwas gerissen war.

„Es tut mir leid“, sagte sie.

Und er glaubte ihr. Es tat ihr tatsächlich leid. Alles, was sie gesagt hatte, stimmte. Sie war krank gewesen, verrückt, und hatte ihn schützen wollen. Und jetzt hatte sie ihn wiedergefunden. Warum litt er dann so viel mehr Schmerzen als zuvor, als er noch geglaubt hatte, sie wäre längst tot?

„Bleib bei mir“, sagte sie. „Bitte!“

Es drängte ihn, ihre Bitte zu erfüllen, aber er schluckte die Worte hinunter. Er drehte sich zu dem Haus um, aus dem Tariks und Shanes wütende Stimmen kamen.

„Shane ist ein guter Mensch, ich schwöre es“, sagte Aidana. „Ich habe ihn so viel Gutes tun sehen.“

„Ich habe … andere Dinge gesehen“, sagte Rollan.

„Er will die Welt unbedingt vor den scheinheiligen Grünmänteln beschützen. Sie verraten niemandem das Geheimnis des Nektars und weihen uns nicht in ihre geheimen Pläne ein.“

Rollan wollte nicht mit seiner Mutter streiten, aber die Worte kamen ihm wie von selbst. Es klang bittend. „Wir brauchen doch weder die Grünmäntel noch die Eroberer.“

Aidana schüttelte den Kopf. „Zerif hat mir das Leben gerettet, Rollan, und ich lasse ihn nicht im Stich. Dich zu verlassen war schwer genug – ich mache das nicht noch einmal, nicht bei jemandem, der mir wichtig ist. Außerdem retten wir mit dem Gallentrank viele Hundert Menschen vor der Bindungskrankheit. Der Reptilienkönig läutet in ganz Erdas eine neue Ära ein! Komm zu uns, mach mit bei unserer neuen Welt."

Sie streckte die Hände nach ihm aus. Essix war nicht da, um ihr Missfallen kundzutun. Also ging Rollan auf Aidana zu und sank an ihre Brust. Sie schlang die Arme um ihn und er fühlte sich wunderbar geborgen. Willenlos ließ er sich von ihr halten. Er spürte, wie sie die Wange auf seinen Kopf legte und wie ihr Herz an seinem Kinn schlug. Zum ersten Mal in seinem Leben fühlte er sich ganz bei sich selbst und in Sicherheit. Ein anderer Teil von ihm schmerzte dagegen unerträglich.

Gefährliche Reise

Rollan erwachte mit klopfendem Herzen. Er hatte von einem Raben geträumt, dessen Flügel so groß waren wie der Nachthimmel. Das Tier war mit ausgestreckten Krallen auf ihn zugeflogen, um ihm die Augen auszukratzen.

Er fuhr sich mit dem Ärmel über das Gesicht, als ließe sich der Albtraum einfach wegwischen. Sein Hemd roch nach der Umarmung seiner Mutter.

Er bedeckte das Gesicht mit den Händen und holte tief Luft, denn er wollte nicht weinen. Ihm war, als hätte jemand einen Keil an seinem Herzen angesetzt, mit einem Hammer zugeschlagen und es wie ein Holzscheit gespalten. Da hatte er jahrelang auf der Straße gelebt, immer bestrebt, seine Gefühle abzuhärten und sich Schwielen zuzulegen, wie die an seinen nackten Füßen. Er hatte ein Straßenkind werden wollen, das nichts erschüttern konnte.

Fast hätte er gelacht. So abgebrüht er auch sein mochte – der Gedanke an seine Mutter trieb ihm doch die Tränen in die Augen.

Sie war krank gewesen, nicht bei Sinnen. Es war zumindest tröstlich zu wissen, dass sie ihn nicht aus Gleichgültigkeit verlassen hatte. Und wo waren die Grünmäntel mit ihrem kostbaren Nektar und ihren hochtrabenden Versprechungen gewesen, als seine Mutter elf geworden war? Sie hatten sie im Stich gelassen.

Der Gallentrank heilt die Bindungskrankheit! Die Erkenntnis traf ihn mit einer Wucht, die ihn ganz benommen machte. Abeke hatte darauf beharrt, dass Shane es gut meinte, und das war der Beweis. Die Eroberer vollbrachten tatsächlich gute Taten. Sie hatten seine Mutter geheilt.

Seine Mutter! Er hatte wieder eine Familie.

Vorsichtig richtete er sich auf und kroch auf Händen und Knien zu seinen Stiefeln und seinem Mantel. Das weiche Heu, das den Boden bedeckte, dämpfte jedes Geräusch. Da erwischte er mit einer Hand einen Nagel, der aus einer Bodendiele hervorstand. Vor Schmerzen zog er zischend die Luft ein und kippte um.

Sein Blick fiel auf Meilin, die ihm ihr schlafendes Gesicht zugewandt hatte. Sie wirkte so ruhig und zufrieden wie schon lange nicht mehr. Nicht mehr, seit der große Schlinger sie mit seiner Armee angegriffen und Meilins Vater getötet hatte. Die Eroberer hatten ihr den Vater genommen. Umgekehrt hatten dieselben Menschen ihm die Mutter zurückgegeben.

Rollan blickte zur Tür. Er zitterte am ganzen Körper und musste sich alle Mühe geben, um stillzuhalten. Draußen wartete seine Mutter auf ihn. Aber wenn er zu ihr ging, würde sie ihn zu Zerif und den anderen Mördern bringen.

Trotzdem spürte er, wie sich alles in ihm nach ihr sehnte. Also fällte er eine Entscheidung.

„Meilin", sagte er leise und schüttelte sie sanft. „Meilin, wach auf!"

Meilin fuhr hoch und ballte die Fäuste.

„Wir müssen sofort aufbrechen", flüsterte er.

Sie weckten Tarik, Maya, Conor und Abeke. Alle zogen ihre Schuhe an, ohne Fragen zu stellen.

Sie schlichen an dem Haus vorbei, in dem Aidana und ihre Gefährten schliefen. Das Fenster stand offen. Rollan wäre zu gern stehen geblieben, aber er hielt den Blick starr geradeaus gerichtet. Er wünschte sich, er könnte das Gesicht seiner Mutter noch einmal sehen und sich davon überzeugen, dass es ihr gut ging. Er schaffte es kaum, einfach am Fenster vorbeizugehen. In Gedanken sah er, wie sie sich im Schlaf ruhelos hin und her wälzte in der Morgendämmerung aufwachte und feststellte, dass er verschwunden war. Trotzdem ging er weiter, ohne sich noch einmal umzudrehen. Innerlich drohte es ihn zu zerreißen.

Essix tauchte auf und ließ sich auf seiner Schulter nieder.

Ihr Gewicht drückte ihn auf den Boden und festigte seinen Schritt.

Abeke und Uraza gingen voraus. Die Leopardin fand mit ihrem scharfen Blick im Dunkeln den Weg und die beiden bewegten sich völlig lautlos. Rollan zwängte sich hinter Abeke durch eine Lücke in den Palisaden. Erst als Samis hinter ihnen verschwunden war, wagte er zu sprechen.

„Danke", sagte er.

Die anderen sahen ihn an.

„Weswegen?", fragte Conor, der Abstand zu ihm hielt, als fühlte er sich in seiner Nähe unbehaglich.

„Dass ihr mir geglaubt habt, als ich sagte, wir müssten aufbrechen." Rollan holte den Kompass heraus. „Das hat Pia mir gegeben. Ich glaube, dass er uns zu Suka führt. Ich wollte aber nicht riskieren, dass Shane und die anderen hören, wie wir darüber sprechen. Deshalb fand ich, es wäre am besten, noch aufzubrechen, während sie schlafen."

„Eine gute Entscheidung, Rollan", sagte Tarik.

Den anderen Grund nannte Rollan nicht. Vielleicht hatte er die Kraft, Aidana zu verlassen, wenn er sich ganz schnell möglichst weit von ihr entfernte.

Und vielleicht brachte seine Mutter eines Tages, wenn der Krieg vorbei war, die Kraft auf, Zerif zu verlassen. Die Vorstellung, eine eigene Familie, eine Mutter zu haben, war für Rollan verlockender als alle Talismane der Welt.

Er ließ sich zu Conor zurückfallen.

„Hallo, ihr beiden“, sagte er leise. „Conor und Briggan.“

Der Wolf sah ihn mit seinen blauen Augen unverwandt an. Rollan spürte Missbilligung in seinem Blick.

„Ich wollte mich nur entschuldigen“, fuhr er fort. „Ich habe das damals nicht kapiert – warum du den Eisernen Eber weggegeben hast, um deine Familie zu retten. Es kam mir so egoistisch vor. Aber … jetzt verstehe ich es. Es war überhaupt nicht egoistisch, im Gegenteil.“

„Danke“, sagte Conor leise. „Ich weiß natürlich, dass es furchtbar dumm von mir war …“

„Überhaupt nicht“, erwiderte Rollan. „Glaub mir, du hast seitdem noch viel furchtbarere Dinge getan.“

Conor sah ihn erschrocken an. „Was denn?“

„Dieser Eintopf! Diese schreckliche Pampe aus Fleisch und Gras, die du in Zhong für uns zubereitet hast, die war viel schlimmer. Und der Witz mit dem Schaf, den du allen erzählst, die wir treffen. Schrecklich! Und wie du stinkst! Wie ein Furz des Schlingers höchstpersönlich!“

Conor lächelte. „Aber du magst den Witz mit dem Schaf. Ich weiß das. Ich habe dich lachen sehen.“

„Ertappt“, sagte Rollan. „Jedenfalls, als du den Eber weggegeben hast, hattest du wirklich keine andere Wahl. Und ich habe mich aufgeführt wie ein Idiot. Tut mir leid.“

Briggan kam näher heran und Rollan spürte sein Rückenfell unter der Hand. Schweigend gingen sie eine Zeit lang nebeneinanderher. Briggan war groß. Nicht so groß wie ein

Großes Tier, aber immerhin wie ein zottiger Wolf mit Fangzähnen. Auf der Straße waren Hunde Rollans Feinde gewesen. Sie machten einem die Abfälle streitig – oder, schlimmer noch, jagten knurrend hinter einem her und konnten einen mit ihren Bissen sogar töten. Doch jetzt ging er neben einem Wolf her und seine Hand lag auf dem grauen Fell des Tiers.

Meilin hatte Jhi nicht aus dem Ruhezustand geweckt, vermutlich, weil die Pandabärin nicht mit ihrem flotten Tempo hätte Schritt halten können. Aber Meilin ließ ihr Seelentier überhaupt nur selten in Erscheinung treten, während Essix immer draußen war.

Rollan spürte das Falkenweibchen irgendwo links von sich. Wahrscheinlich ruhte es sich auf einem Baum aus. Es konnte sich schließlich schneller fortbewegen als die Gruppe. Rollan pfiff drei aufsteigende Töne, ihr Zeichen für: *Komm bitte her!*

Als Antwort hörte er den lang gezogenen Schrei des Falken – als lachte Essix ihn aus.

Er hatte auch gar nicht erwartet, dass sie kommen würde. Nett wäre es allerdings schon gewesen. Das Gewicht des Falken auf der Schulter hätte ihn vielleicht von dem stechenden Schmerz in seiner Brust abgelenkt.

„Wunderst du dich nicht auch, warum Shane und Zerif und die anderen Eroberer immer dort auftauchen, wo wir auch sind?", fragte Conor unvermittelt.

„Ja“, antwortete Rollan. „Glaubst du, jemand informiert sie heimlich?“ Er warf Abeke einen kurzen Blick zu. Sie war so schrecklich nett zu Shane gewesen.

„Abeke bestimmt nicht“, sagte Conor entschieden.

„Wer dann?“

Meilin oder Tarik kamen auch nicht infrage. Conor war für einen Spion viel zu ehrlich und offen, und Shane und Zerif hatten sie auch schon gefunden, lange bevor Maya zu ihnen gestoßen war. Und Rollan selbst war es natürlich auch nicht. Es musste eine andere Erklärung geben.

Inzwischen ging Tarik mit dem Kompass in der Hand voraus.

„Ein normaler Kompass zeigt zum geografischen Nordpol – zum Dach der Welt“, sagte Tarik. „Aber dieser scheint uns nach Nordnordwest zu führen. Vielleicht ist er auf Suka oder ihr Versteck geeicht.“

„Hoffentlich“, murmelte Rollan.

Der Morgen dämmerte, als sie die felsige Nordküste Euras erreichten. Während es am Himmel heller wurde, wehte Rollan ein salziger und überraschend kalter Wind ins Gesicht. An dieser Stelle war Eura nur durch eine schmale Rinne von Arctica getrennt.

Mit der Hand schirmte Rollan seine Augen gegen die grelle Sonne ab. „An der Küste auf der anderen Seite liegt ein Dorf“, sagte er.

„Wo?“ Conor starrte in dieselbe Richtung.

„Siehst du es nicht?“ Rollan streckte die Hand aus.

„Ich sehe nicht mal Land“, sagte Meilin. „Nur das Meer.“

„Du scheinst immer schärfer zu sehen“, sagte Tarik zu Rollan. „Das ist interessant. Es stimmt, laut meiner Karte liegt an der Küste ein Dorf der Ardu. Sie leben zwar nur in Arctica, setzen für ein kleines Entgelt aber andere über die Rinne über – meist Jäger aus Eura, die Robben oder Walrosse jagen.“

„Walrosse!“ Rollan schnaubte. Darauf würde er nicht hereinfallen. Es glaubte immer noch nicht, dass es diese See-Elefanten mit riesigen Stoßzähnen gab.

Tarik überlegte. „Wir müssen die Dorfbewohner irgendwie auf uns aufmerksam machen.“

„Ich übernehme das“, sagte Maya. Sie streckte den Arm aus und ihr Salamander Tini huschte aus dem Ärmel auf ihren Handteller. Sie flüsterte ihm etwas zu, schloss behutsam die Hand zur Faust und hob sie über den Kopf. Es begann zu knistern und die Luft um Mayas Faust flimmerte. Rollan konnte den Blick nicht abwenden und wich erschrocken einen Schritt zurück, als Maya die Hand öffnete und ein Feuerball von der Größe ihres Kopfes über ihnen aufstieg. Einen Moment schwebte er in der Luft, dann erlosch er.

„Reicht das?“, fragte Maya.

Tarik lächelte. „Ich glaube schon.“

Einige Zeit später näherte sich ihnen ein Kanu mit einem zierlichen, bärtigen Mann. Er trug eine Mütze aus Karibufell mit Ohrenklappen, die ihm bis fast zu den Schultern hinunterhingen. Das Kanu war aus zusammengenähten Lederhäuten gefertigt, die über einen Knochenrahmen gespannt waren. Es erinnerte an den Kadaver eines ausgehöhlten Tiers, stank nach Fisch und Tran und wurde ganz offensichtlich zum Fischen eingesetzt. Rollan stieg misstrauisch ein. Das Boot schwankte bei jeder noch so kleinen Welle.

Der Platz war sehr beschränkt, deshalb verschwanden Briggan und Uraza im Ruhezustand auf Conors und Abekes Armen. Essix kreiste hoch über ihnen. Lächelnd blickte Rollan zu ihr hinauf. Vorhin hatte er sich noch geärgert, dass der Falke nicht kam. Aber wenn Rollan hätte fliegen können, wäre er auch dort oben geblieben und hätte sich vom Wind tragen lassen.

Tarik gab dem bärtigen Mann eine Goldmünze. Daraufhin tauchte dieser das Paddel ins Wasser. Überraschend schnell entfernten sie sich vom euranischen Ufer. Rollan blickte noch einmal zurück, halb in der Erwartung, dort seine Mutter im Nebel stehen zu sehen. Doch sie war natürlich nicht da.

„Bin ich eigentlich die Einzige, die auf einem Haufen toter Fische sitzt?“, fragte Abeke.

„Ich habe mir gerade ein wenig Platz verschafft und

die schlimmsten Exemplare über Bord geworfen", sagte Meilin.

Ihr Fährmann ließ das Paddel sinken. „Wie bitte?"

„Oh", sagte Meilin mit einem Gesichtsausdruck, den Rollan nicht recht deuten konnte. Es sah für einen Moment so aus, als wäre sie verlegen, wobei Rollan nicht glaubte, dass Meilin dieses Gefühl in ihrem ganzen Leben schon einmal gehabt hatte. Dann räusperte sie sich und wischte die Hände an den seitlichen Wänden des Kanus ab. „Entschuldige, wenn ich dein Essen über Bord geworfen habe. Aber ich schwöre, ich habe nur die zermatschten Fische genommen, die du sowieso nicht mehr gegessen hättest."

Der Ardu ließ den Blick über das Wasser hinter ihnen wandern.

„Nicht alle Geschöpfe sind so wählerisch", sagte er.

Das Kanu schwankte plötzlich, als wäre es gegen einen großen Felsen gefahren. Aber nirgends waren Felsen zu sehen und sie befanden sich auch noch nicht in der Nähe der Küste. In alle Richtungen erstreckte sich nur Wasser und das, was darin verborgen war.

„Nimm!", rief der Ardu und reichte Tarik ein zweites Paddel. „Schlage es damit, wenn es auftaucht, ansonsten hilf mir beim Rudern."

Nervös rutschten Rollan und die anderen hin und her und betrachteten das Wasser genauer. „Nicht so viel bewegen", rief Tarik. „Sonst kentert das Boot noch ohne die Hilfe des Tiers."

„Was für ein Tier denn?", fragte Rollan.

„Es gibt auch im Wasser Raubtiere, Rollan", erklärte Tarik. „Genauso wie an Land."

Neben dem Boot erklang klagendes Gebrüll und Tarik schlug mit dem Paddel auf etwas im Wasser ein. Rollan nahm eine Handvoll Fische vom Boden des Kanus. „Soll ich welche von denen ins Wasser werfen?", rief er. „Um es abzulenken?"

„Nein!", brüllten der Fährmann und Tarik gleichzeitig.

Was sollten sie tun? Uraza und Briggan konnten nicht gegen ein Wesen im Wasser kämpfen. Auch die Talismane nützten ihnen nichts – der Granitwidder half nur bei Sprüngen und mit dem Schieferelefanten konnten man Seelentiere vergrößern, aber nichts gegen ein Seeungeheuer ausrichten. Wie sollte man außerdem gegen etwas kämpfen, was man gar nicht sah?

Wieder stieß das unsichtbare Tier hart mit dem Kanu zusammen. Der Ardu paddelte weiter. Seine Bewegungen waren kräftiger und schneller, als Rollan ihm angesichts seiner zierlichen Statur und seines Alters zugetraut hätte.

Mit Lumeo auf seiner Schulter tauchte Tarik die Hände ins Wasser.

„Was machst du da?", rief Conor.

Mit aufgerissenen Augen wartete Rollan darauf, dass

irgendein Seeungeheuer mit scharfen Zähnen zubiss. Stattdessen erzitterte das Wasser um Tariks Handgelenke, als hätte man einen großen Stein hineingeworfen, von dem sich Kreise über die Oberfläche ausbreiteten. Das Meer schien zu pulsieren.

„Was ist das?", fragte Abeke.

„Dank Lumeo habe ich im Wasser einige zusätzliche Fähigkeiten", erklärte Tarik. „Ich ohrfeige das Tier sozusagen mit einem Schwall Wasser und hoffe, dass es uns dann in Ruhe lässt."

Einige angespannte Momente vergingen. Der Fährmann verlangsamte das Tempo.

„Ich kann rudern", bot Rollan an. Er fürchtete, der Mann könnte zu müde sein, um sie vor dem Seeungeheuer zu retten.

„Das kannst du bestimmt, mein Junge", sagte der Ardu. „Aber wir wollen ans Ziel kommen und nicht wie eine verwundete Robbe im Wasser herumtaumeln."

Rollan runzelte die Stirn.

„Ich glaube, wir haben das Tier abgehängt", sagte Tarik. Der Ardu brummte etwas. „Oder es hat zumindest das Interesse an uns verloren."

„Aber du solltest dem menschenfressenden Ungeheuer lieber keine Fische mehr hinwerfen, Meilin", sagte Maya ängstlich. „Einverstanden?" Rollan wurde aufgrund des ständigen Wellengangs allmählich so übel, dass er vergaß,

Angst zu haben. Oder traurig zu sein. Oder wütend darüber, dass jemand seine Ruderkünste so unterschätzte. Die felsige Küste Arcticas kam langsam näher.

„Hm, ich dachte, Arctica würde nur aus Eis bestehen", sagte Tarik.

„Es gibt hier genug Eis, keine Sorge", sagte der Ardu mit einem verschmitzten Lächeln.

„Moment mal, du bist noch nie hier gewesen?", fragte Rollan.

Tarik schüttelte den Kopf. „Nein, obwohl ich mich immer danach gesehnt habe. Ich wollte Erdas in seiner ganzen, vielfältigen Schönheit kennenlernen."

Sie legten an und kletterten aus dem Kanu. Das Ardudorf bestand aus kleinen Ziegelhütten, deren Türen alle zum Meer hinausgingen. Eine alte Frau mit leuchtend blauen Augen und einem Gesicht so runzlig wie eine Rosine kam ihnen entgegen und begrüßte sie. Tarik sprach eine Weile mit ihr. Er wollte vor allem wissen, wie man im eisigen Norden Arcticas überleben konnte.

„Im Eis überlebt nur der Ardu, der ein Mal trägt", sagte die Alte. „Mein Sohn hat den Nektar getrunken und sich mit einem Schneehasen verbunden. Er hat uns verlassen und lebt im Eisland zusammen mit seinem Onkel, der sich mit einem Hermelin verbunden hat. Nur wer sich mit einem Tier des Nordens verbindet, erträgt den ewigen Schnee."

„Hast du deinen Sohn in seinem Dorf besucht?", fragte Tarik.

Die Alte schüttelte den Kopf. „Er besucht uns hier. Wir wüssten nicht, wo wir ihn finden könnten."

Gut, dass sie Pias Kompass dabeihatten, dachte Rollan.

„Eura hat doch ein viel angenehmeres Klima", sagte Conor. „Warum zieht ihr nicht dorthin?"

„Wir leben sehr gerne hier", erwiderte die Frau. „Der Wind und das Meer kennen uns. Und in manchen Nächten legen wir uns auf die Erde und sehen den Himmel tanzen."

Den Himmel tanzen? Rollan überlegte, ob Kälte und Einsamkeit den Ardu womöglich zu Kopf gestiegen waren.

Die Ardu waren nur zu gern bereit, ihnen den nötigen Reiseproviant zu verkaufen und außerdem geeignete Kleider für Kälte und Eis – aus dickem Karibufell gefertigte Mäntel mit Kapuzen, Handschuhe, die fast bis zu den Ellbogen reichten und hohe Stiefel mit genagelten Sohlen. Die Nägel waren nur zur Hälfte eingeschlagen, um auf dem Eis besseren Halt zu geben.

Unter den vielen Schichten aus Leder und Fell begann Rollan sofort zu schwitzen. Schweißtropfen liefen ihm über den Rücken und kitzelten und juckten wie tausend krabbelnde Spinnen. Außerdem waren die Kleider furchtbar schwer. Er fluchte. Lieber fror er jeden Tag.

Doch schon wenige Stunden später hatte er seine Meinung geändert.

Die Erde wich dem Schnee und der Schnee dem Eis, einer endlosen Fläche, die größer war als ein Ozean.

Die Landschaft war zwar überwiegend eben, hatte aber versteckte Erhebungen und Kämme, ähnlich den Wellen auf dem Meer. Eine dünne Schneeschicht bedeckte das Eis, die der Wind gelegentlich aufwirbelte. Die Sonne wurde von dieser weißen Welt grell zurückgeworfen und schmerzte in den Augen, egal wohin man blickte. Nachdem sie einige Stunden marschiert waren, schloss Rollan die Augen und versuchte blind zu gehen.

Als er sie wieder einmal einen Spalt öffnete, um sich zu orientieren, bemerkte er in einiger Entfernung auf dem Eis schwarze Punkte. Die Punkte bewegten sich. Sie waren eine Nase und zwei Augen.

„Ein Eisbär", flüsterte Tarik.

„Suka?", fragte Meilin.

Tarik schüttelte den Kopf. „Viel zu klein. Aber auch ein normaler Eisbär gehört zu den gefährlichsten Raubtieren an Land. Wir tun gut daran, ihn zu meiden."

Sie machten einen Umweg, um dem Jagdrevier des Eisbären nicht zu nahe zu kommen, und setzten dann den Weg nach Norden fort. Sie gingen eine halbe Stunde ohne weitere Zwischenfälle, dann bewegte sich plötzlich etwas in einer Schneewehe links von ihnen. Es war ein Eisbär, der sich zu seiner vollen Größe aufrichtete. Die Grünmäntel erstarrten. Dieser furchterregende Koloss war doch bestimmt kein „normaler" Eisbär!

„Suka?", rief Rollan schrill.

Der Bär riss sein Maul auf, das so groß war wie Jhis Kopf, und brüllte. Als Rollan sah, dass das Fell um das Maul herum blutig war, wich er in Panik zurück. Der Bär griff ihn mit den schwarzen Klauen seines langen Arms an und verfehlte ihn nur knapp. Rollan verlor das Gleichgewicht und fiel zu Boden.

Doch da stand schon Briggan geduckt neben ihm und warnte den Bären mit drohendem Knurren und Bellen. Auch Uraza hatte Abekes Arm verlassen und duckte sich fauchend. Maya zog hastig die Handschuhe aus, schloss die Augen und schlug die rechte Faust auf die flache linke Hand. Ein Funkenregen stieg von ihrem Körper auf, als hätte jemand ein schweres Holzscheit auf ein erlöschendes Feuer fallen lassen. Es war ein spektakulärer Anblick, allerdings erloschen die Funken, noch bevor sie auf dem Boden aufkamen. Der Bär schlug mit seiner Pranke auf eine Schneewehe neben sich und der vereiste Schnee brach mit einem lauten Knacken. Ein Schneeschauer ging auf die Gefährten nieder und Eisstücke flogen in alle Richtungen.

Rollan kam wieder auf die Beine, doch da traf ihn ein faustgroßes Stück an der Schulter und im nächsten Moment lag er schon wieder auf dem Boden. Er wischte sich den Schnee aus den Augen. Der Bär hatte schon wieder das Interesse an ihnen verloren und entfernte sich gemächlich von ihnen. Er schien sich vor keinem anderen Raubtier zu fürchten. Stumm sahen sie zu, wie er auf der weißen Ebene kleiner wurde, bis sein Fell zuletzt nicht mehr von der Umgebung zu unterscheiden war.

„Das war ein besonders starker Feuerzauber", sagte Maya leise. „Und der Bär hat nicht einmal mit der Wimper gezuckt."

„Und das war ein normaler Bär?", fragte Rollan. „Der war ja schon … riesig."

„Suka ist noch viel, viel größer", sagte Tarik.

Ab jetzt hielt Briggan nach Eisbären Ausschau und blieb immer wieder witternd stehen. Conor, Abeke, Maya und Tarik gingen voraus und spähten aufmerksam in alle Richtungen. Rollan dagegen fiel bald in einen mechanischen Trott und achtete nicht weiter auf seine Umgebung. Fürs Erste schienen sie in Sicherheit zu sein.

Der Marsch war sehr anstrengend und ziemlich eintönig. Die Landschaft änderte sich nie – zu sehen waren nur Weiß und grelles Sonnenlicht. Rollan schwitzte unter den vielen Kleiderschichten. Auf seinem Rücken und unter den Armen juckte und klebte alles. Sein ungeschütztes Gesicht war dagegen eiskalt. Seine Nase lief, die Augen tränten und die Zähne schlugen ständig klappernd aufeinander.

„Meilin, hat dir dein Lehrer in Zhong beigebracht, wie

man Zittern unterdrücken kann? Ich könnte jetzt einen Tipp gebrauchen."

Er hörte von links ein kurzes Schnaufen und Ächzen. Hatte er Meilin mit seiner Frage irgendwie verärgert? Das wäre ihm auf keinen Fall Recht gewesen, wie er zu seiner eigenen Überraschung feststellte. Er wandte sich ihr zu, doch Meilin war verschwunden.

„Meilin?"

Sie war nirgends zu sehen. Das Herz rutschte ihm in die Hose. Er rief wieder ihren Namen und lief ein Stück zurück bis zu der Stelle, an der er sie zuletzt aus den Augenwinkeln gesehen hatte. Er beobachtete Meilin in letzter Zeit ziemlich oft aus den Augenwinkeln.

Essix kreischte und Rollan hob erschrocken den Kopf. Der Falke landete auf seiner Schulter und drückte die Krallen von vorne in seine Schultern, als sollte Rollan vor etwas zurückweichen. Aufgrund der Berührung sah Rollan noch schärfer und nahm seine Umgebung noch genauer wahr. Das Eis vor ihm unterschied sich kaum merklich von seiner Umgebung. Dahinter befand sich ein Loch. Plötzlich hörte Rollan ein leises Knirschen. Konnte das Meilin sein?

Vorsichtig ging er um das merkwürdige Eis herum zu der Öffnung im Boden. Er legte sich auf den Bauch und spähte hinein.

Durch das Eis zog sich eine tiefe, lange Spalte, die unter einer dicken Schicht aus Schnee und Eis versteckt war. Sie war so tief, dass das Sonnenlicht, das durch das Loch fiel, nicht bis zum Boden drang. Rollan entdeckte Meilin, die sich an einen Vorsprung klammerte und mit panisch verzerrtem Gesicht zu ihm hinaufblickte. Sie schien nicht in der Lage zu sein, zu sprechen oder sich zu bewegen. Ihre Kraft reichte gerade aus, um sich an kleinen Kanten aus Eis festzuklammern. Wenn sie abrutschte, würde sie in die Tiefe fallen.

„Meilin!", rief Rollan. „Hilfe, Meilin ist abgestürzt!"

Er dachte zuerst an den Schieferelefanten. Wenn er ihn trug, würde Essix so groß werden, dass Meilin auf ihr fliegen konnte. Leider war die Spalte dafür zu eng. Eine vergrößerte Essix hätte mit ausgebreiteten Flügeln nicht mehr hineingepasst.

Abeke hatte offenbar dieselbe Idee gehabt. Rollan hörte ein Donnergrollen und blickte auf.

Das Geräusch kam von Uraza. Einer riesigen Uraza. Abeke trug den Schieferelefanten und Uraza hatte nun die Ausmaße eines Großen Tiers. Instinktiv wollte Rollan vor der gewaltigen Bestie weglaufen, die auf ihn zukam, aber er starrte sie nur an. Uraza sah aus wie ein Ungeheuer aus einem Märchen, ein Monster, das es eigentlich gar nicht geben durfte. Vor Rollans Augen trat eine Riesentatze, deren Krallen so dick waren wie Männerarme, krachend auf das Eis und sank darin ein.

Mit drei Tatzen verankerte Uraza sich im Eis, dann ließ

sie ihre gewaltigen Schultermuskeln spielen und streckte eine lange Pranke nach unten aus. Sie erreichte Meilin damit allerdings nicht ganz. Also rückte sie noch etwas näher an die Spalte heran. Einige Eissplitter brachen vom Rand ab und fielen in den Abgrund. Sie streckte die Tatze noch weiter aus und bekam Meilin an der Schulter zu fassen. Meilin zögerte. Sollte sie das Eis loslassen und nach der Tatze greifen? Rollan hörte sie stoßweise atmen.

„Lass los, Meilin!", rief er. „Uraza hält dich. Lass los, es kann nichts mehr passieren!"

Obwohl er sich da keineswegs so sicher war. Wenn Meilin die Tatze nicht zu fassen bekam, fiel sie in einen bodenlosen Abgrund.

Meilin nickte und atmete aus. Dann ließ sie los, griff nach Urazas Tatze und hing baumelnd an einigen Büscheln Fell.

Uraza zog sie ein wenig hoch, holte aus und schleuderte sie wie einen Spielzeugball in die Luft. Mit einem erstickten Schrei flog Meilin aus der Spalte. Uraza fing sie mit den Tatzen auf und setzte sie auf dem Eis ab.

„Alles in Ordnung, Meilin?", fragte Rollan. „Bist du verletzt?"

Meilin richtete sich benommen auf.

„Ich … ich komme mir vor wie … wie eine Maus", sagte sie. Ihre Stimme zitterte.

„Was ist passiert?", fragte Conor.

Meilin räusperte sich. „An manchen Stellen ist das Eis offenbar nur dünn und bedeckt tiefe Spalten."

Uraza begann in der Kälte zu zittern und der Boden bebte unter ihrem Gewicht. Abeke hob den Schieferelefanten hoch, bis er ihre Haut nicht mehr berührte. Uraza schrumpfte wieder auf die Größe einer Raubkatze und versetzte sich in den Ruhezustand.

„Einige von uns mögen es lieber wärmer", sagte Abeke mit einem Blick auf die Tätowierung auf ihrem Arm.

„Mein Bündel ist in die Spalte gefallen", sagte Meilin. „Und mit ihm ein Drittel unseres Proviants."

Sie sahen sich betreten an. Sie hatten sowieso schon so wenig Gepäck wie möglich mitgenommen. Auf Tariks Geheiß packten alle ihre Bündel um und verteilten den verbleibenden Proviant gleichmäßig.

„Es war dumm von mir, den Proviant nur drei Personen mitzugeben", sagte Tarik. „Tut mir leid, Leute, aber in den nächsten Tagen müssen wir uns einschränken."

Rollan schulterte sein Bündel mit Proviant, Bettzeug und einem Teil des gemeinsamen Zelts. Es war schwer, aber er wünschte sich, es wäre noch schwerer gewesen und er hätte mehr Proviant dabeigehabt. Ihn beschlich die böse Vorahnung, sie könnten in dieser Eiswüste verhungern.

Tarik holte ein langes, dünnes Seil aus seinem Bündel und band es an den Gürteln seiner Gefährten fest. Zwischen ihnen ließ er immer ein paar Meter Abstand.

„Lasst eure Tiere lieber im Ruhezustand“, sagte er. „Das Seil reicht nicht aus, um auch sie noch zu sichern ... und wir können ihnen auch nichts von unserem Proviant abgeben.“

„Klar, ich will nur schnell ...“ Rollan schob seinen Ärmel hoch und pfiff nach Essix. Sie erwiderte das Pfeifen. Es klang wieder wie spöttisches Gelächter. „Hoppla, Essix gehorcht mir nicht! Wer hätte das gedacht.“

„Wir wissen nicht einmal, wie weit wir noch gehen müssen“, sagte Conor. „Vielleicht geht uns der Proviant aus, bevor wir Suka gefunden haben!“

„Willst du umkehren?“, fragte Tarik.

Conor schüttelte den Kopf. Er schob den Ärmel hoch und Briggan verschwand.

Rollan blickte seufzend zu Essix hinauf.

„Hast du das gesehen?“, rief er. „Na, komm schon, mein Vögelchen.“ Er streckte Essix mit seinem charmantesten Lächeln den Arm hin.

Essix landete auf seiner Schulter und fuhr ihm mit dem Schnabel durch die Haare wie ein älteres Geschwisterkind, das seinem jüngeren Bruder die Haare zerzaust. Als Gerfalke war sie das nördliche Klima sowieso gewöhnt. Und verpflegen konnte sie sich selbst. Warum sollte sie sich also in den Ruhezustand versetzen lassen?

Rollan dagegen stellte sich eine solche vorübergehende Bewusstlosigkeit als paradiesisch vor. Denn der Schmerz in seiner Brust war immer noch genauso wirklich wie das Eis unter seinen Füßen.

Abends schlugen sie das kleine Zelt auf, in dem sie zu sechst übernachteten. Rollan schlief nicht besonders gut, weil ihm so kalt war und er jede Bewegung, jedes Atmen und Schnarchen der anderen überdeutlich mitbekam. Am Morgen beim Aufwachen fühlte er sich so zerschlagen, als hätte er sich die ganze Nacht geprügelt.

Tagsüber marschierten sie weiter durch die Wüste aus Eis und Schnee, ständig begleitet von Hunger und der Bedrohung durch tödliche Eisspalten und Eisbären.

Tarik hatte die tägliche Verpflegung auf eine Handbreit Pökelfleisch, einen trockenen Reisezwieback und einen Apfel rationiert. Vor Hunger und Langeweile spielten sie unterwegs ein Spiel, das sie „Die beste Mahlzeit aller Zeiten" nannten.

„Antilopensteak mit Pfeffersoße", sagte Abeke. „Haufenweise blaue Trauben, Honigbrotzopf mit Ziegenmilchbrei."

„Nur Brot", sagte Rollan und klopfte sich den Schnee vom Mantel. „Ein großer Laib warmes Brot, außen mit einer schönen Kruste und innen ganz weich und darauf schmelzende Butter und ganz dick Himbeermarmelade."

„Roher, frischer Thunfisch mit Zitrone und Ingwer auf warmem Duftreis", sagte Meilin. „Ganz frische, saftige Mangos und …"

Sie sackte nach unten weg.

„Eine Spalte", rief Rollan. „Schnell! Eine Spalte!"

Er hielt das Seil fest, das ihn mit Meilin verband, und suchte mit den Füßen nach einem festen Halt auf dem Eis. Die anderen taten es ihm nach, aber das Seil straffte sich nicht. Meilin war nicht in eine Spalte gefallen.

Sie stand auf und klopfte sich den Schnee ab.

„Ich bin nur gestolpert", sagte sie. „Wie peinlich."

Aber auch Rollan war seine Überreaktion peinlich. „Conor meinte, du würdest immer einbrechen, weil du so schwer bist, aber ich habe deine Ehre verteidigt", sagte er, während er Meilin half, Schnee und Eissplitter von Kapuze und Ärmeln abzuklopfen.

„Das habe ich nicht gesagt!", rief Conor. Rollan sah ihn grinsend an.

„Ich bin so schwer, weil mein Gehirn so groß ist", sagte Meilin.

Sie versuchte ein Lächeln, das aber misslang, und wieder spürte Rollan einen Stich in der Brust.

Sie marschierten weiter. Rollan pfiff leise nach Essix. Wenn das Falkenweibchen auf seiner Schulter saß, sah er vielleicht die Spalten, bevor Meilin wieder in eine hineinfiel. Essix flog tiefer, wehte Rollan die Kapuze vom Kopf, wollte aber nicht landen.

„Hammelfleischpastete", sagte Conor, „mit einer Kruste aus Blätterteig und Ei, gefüllt mit zartem Hammelfleisch,

Kartoffeln und Karotten. Und dazu eine dicke, scharfe Bratensoße."

Rollan hatte noch nie Hammelfleisch gegessen. Auf Greenhaven, der Burg der Grünmäntel, gab es zwar manchmal Hammelfleisch, aber auch immer viele andere Gerichte. Deshalb hatte er nie dieses Fleisch probiert, das genauso roch wie das Tier, von dem es stammte – wie altes Schaf. Jetzt dagegen klang das Gericht sehr verlockend, weil …

Er spürte auf einmal keinen Boden mehr unter den Füßen und fiel nach unten.

„Spalte!", hörte er jemanden über sich rufen.

Er sah nur eine blaue Wand aus Eis an sich vorbeirasen und unter sich einen schwarzen Abgrund. Es drehte ihm den Magen um, seine Rückenmuskeln verkrampften sich und zuckten, als wollte er mit nicht vorhandenen Flügeln schlagen. Vor Angst tat ihm alles weh. Stille legte sich auf seine Ohren. Die Zeit war stehen geblieben und der Moment, in dem er begriff, dass er gleich sterben würde, schien nie enden zu wollen. Seine Füße fanden keinen Halt, unter ihm kam nur der dunkle Abgrund …

Etwas riss unsanft an seiner Hüfte. Obwohl es ihm vorgekommen war wie eine Ewigkeit, war er nur so tief gefallen, wie das Seil zwischen ihm und Meilin es zuließ. Von oben hörte er immer lautere und zunehmend aufgeregtere Rufe.

Er hielt sich am Seil fest und suchte mit den Füßen nach einem Halt an der Eiswand. Doch er rutschte immer wieder ab.

Über sich hörte er ein Donnern und dann streckte wieder eine riesige Uraza die Tatze zu ihm herunter. Doch immer noch trennten sie einige Handbreit. Das Seil war zu lang.

Rollan versuchte sich mit den Händen an der Eiswand festzukrallen, er brach aber nur ein Stück aus der Wand.

„Ich komme nicht rauf!", schrie er. „Ich hänge hier fest!"

„Ganz ruhig", hörte er Tarik rufen. „Wir ziehen dich heraus und du hilfst, so gut es geht. Wir haben dich am Seil."

Rollan atmete ein paarmal flach und dann langsamer und tiefer. Seine Gefährten waren nicht wie die Straßenkinder, die ihn beim ersten Anzeichen von Ärger im Stich gelassen hätten. Sie hielten das Seil und würden ihn retten.

Er spürte, wie er an den Hüften nach oben gezogen wurde, und lief mit den Füßen die Wand hinauf. Zuletzt kletterte er über den Rand der Spalte. Mit zitternden Händen klopfte er sich ab. Essix landete auf seiner Schulter.

„Na, Essix, da hast du ja wirklich gut aufgepasst", brummte er.

Essix steckte den Schnabel in seine Kapuze, packte ein Haar und riss es aus.

„Au!“, sagte Rollan, doch er glaubte, dass die Geste nett gemeint war.

„Das war ja schrecklich.“ Entsetzt starrte Maya auf das Loch, das fast zu Rollans Grab geworden wäre. Sie begann im Kreis zu gehen. „Wirklich schrecklich. Ich hasse Höhen. Und man würde meinen, dass man hier auf dem Boden davor sicher ist, aber dann tut sich plötzlich ein solches Monsterloch im Boden auf und …“

„Maya!“ Da Essix auf seiner Schulter saß, sah Rollan die leichte Verfärbung im Eis. „Bleib stehen!“

Maya erstarrte, sah Rollan mit aufgerissenen Augen an und senkte den Blick auf ihre Füße. Sie trat vorsichtig mit dem Fuß auf und ein Eisbrocken löste sich und fiel in ein Loch, das eben noch nicht da gewesen war. Bewegungslos sah sie dem Brocken nach. Der Wind wehte ihr die roten Haarsträhnen ins Gesicht, die aus ihrer Kapuze schauten.

Tarik legte ihr den Arm um die Schultern und half ihr dabei, langsam vom Rand der Spalte zurückzutreten.

„Gut gemacht, Rollan“, sagte Tarik. „Lass uns weitergehen.“

„Pfirsich-Käse-Sahnetorte“, sagte Maya mit zitternder Stimme. „Und ein ganzes Brathähnchen.“

Nach einigen weiteren Abstürzen und Fastabstürzen waren alle erschöpft, doch es blieb ihnen nichts anderes übrig, als weiterzugehen. Selbst Rollan sah mit seinen scharfen Augen überall nur die eintönige Eiswüste. Das

Lachen war ihm vor Müdigkeit, Hunger und Verzweiflung endgültig vergangen.

Auch Essix brauchte etwas zu fressen. Sie flog weg und kehrte eine Stunde später auf seine Schulter zurück.

Rollan bemerkte, dass weder ihr Schnabel noch ihre Krallen blutig waren, und er roch auch kein Fleisch in ihrem Atem.

„Du hast nichts gefunden?", fragte er leise.

Essix flog wieder auf. Hatte er sie gekränkt?

„Warte!", sagte Rollan. Seufzend steckte er die Hand in seine Tasche und holte die Dörrfleischration für den Tag heraus. Sofort begann sein Magen wütend zu knurren, doch Rollan hielt das Fleisch hoch.

Essix kam zurück und nahm es mit dem Schnabel. Dann setzte sie sich auf Rollans Schulter, hielt das Fleisch vornehm mit den Krallen fest und fraß es.

Rollans Magen protestierte erneut und Essix hielt inne, als hätte sie es gehört. Es war noch ein kleines Stück Fleisch übrig. Essix nahm es in den Schnabel und steckte es Rollan in den Mund, als wäre er ein Vogeljunges. Rollan wollte sich wehren, aber Essix ließ nicht locker, also begann er schließlich zu kauen.

Für den Rest des Tages blieb Essix auf seiner Schulter sitzen. Rollan ging den anderen voraus und konnte mit der Hilfe seines Falken die Veränderungen im Eis sehen, die eine darunter versteckte Spalte anzeigten.

Am Abend waren die anderen so erschöpft, dass sie sofort einschliefen. Auch Rollan war müde und zerschlagen, fand aber keine Ruhe.

Er musste ständig an seine Mutter denken.

War es richtig gewesen, wegzulaufen?

Der Gallentrank heilt die Bindungskrankheit, dachte er. Meine Mutter ist zu mir zurückgekehrt. Sind die Eroberer wirklich nur schlecht?

Er wusste, dass er bei den Grünmänteln auf der richtigen Seite stand, aber zugleich hatte er das Gefühl, dass sie ihm nicht alles erzählten, und das beunruhigte ihn.

Er schlüpfte aus dem Zelt, um Essix zu suchen. Als er zum Himmel aufblickte, hielt er die Luft an.

Zuerst glaubte er Rauch zu sehen – nur war dieser Rauch grün und rot getönt. Und die Farben bewegten sich. Wie ein träger Fluss zogen sie unter den Sternen dahin. Arctica war ein wilder und gefährlicher Kontinent, doch Rollan verstand jetzt zumindest ein wenig, warum die Ardu hierblieben. Er legte den Kopf in den Nacken und blickte so lange hinauf, wie seine Beine es zuließen.

Er lächelte. Und der Himmel tanzte.

Der Kompass

Der fünfte Tag in Artica dämmerte mit einem seltsam unnatürlichen grünlichen Licht herauf. Abeke blickte durch die Zeltöffnung zum Himmel und versuchte, sich an dem Licht zu wärmen und sich einzureden, dass es ihr gut ging. Dabei fühlte sie sich, als hätte sie die ganze Nacht kein Auge zugetan, als hätte sie die ganze Nacht benommen vor Kälte auf dem harten Boden gelegen.

Sie atmete aus und sah zu, wie die Luft über ihr gefror und als Schnee auf ihr Gesicht fiel.

Es wurde Morgen und die Sonne schien golden vom Himmel, doch ohne die Luft zu erwärmen. Trotzdem versuchte Abeke an positive Dinge zu denken. Wenigstens waren in der Ferne einige Berge zu sehen, ein Ziel inmitten der endlosen Ebene, auf das sie zulaufen konnten.

Sie spielten wieder das Spiel mit den Leibspeisen.

„Als siebten Gang Forelle in viel Butter und mit Zitronen und Thymian gefüllt und schön knusprig gebraten."

Doch Abeke verspürte mittlerweile vor Kälte und Erschöpfung keinen Hunger mehr. Sie zitterte so sehr, dass sie innerhalb einer Stunde dreimal stolperte und hinfiel.

Beim dritten Mal half Conor ihr auf.

„Alles in Ordnung?", fragte er.

Ja, alles war bestens. Redete sie sich das nicht seit Tagen ein? Die anderen froren doch sicher genauso wie sie. Natürlich konnte sie auch ein paar kalte Tage aushalten, obwohl sie in der heißen Savanne von Nilo aufgewachsen war. Aber ihre Zähne klapperten zu sehr, um Conor das zu sagen.

Conor nahm seinen Schal ab und wickelte ihn Abeke um den Hals. Abeke war überrascht, wie viel wärmer ihr auf einmal war. Sie wollte lächeln, aber ihre Lippen fühlten sich wie Eis an. Conor erwiderte freundlich ihren Blick.

Familie war für Abeke bisher ein Vater und eine Schwester gewesen, die mit ihr im selben Haus wohnten, mit ihr aßen und schimpften und sich manchmal wünschten, dass sie anders wäre. Erst seit der Begegnung mit Conor konnte Abeke sich vorstellen, wie es war, einen Bruder zu haben. Er und die anderen wurden für sie allmählich zu einer Ersatzfamilie.

Sie wollte sich bedanken, hörte sich dann aber zu ihrer eigenen Überraschung sagen: „Ich spüre schon seit Längerem meine Füße nicht mehr."

„Setz dich“, befahl Tarik sofort.

Er zog ihr Stiefel und Strümpfe aus. Abeke hielt die Luft an. Ihre Haut war von Natur aus dunkelbraun, aber die Zehen hatten sich zu einem unnatürlichen Schwarz verfärbt.

„Erfrierungen“, sagte Tarik und begann die Füße heftig zu reiben. Abeke fühlte stechende Schmerzen und musste die Zähne zusammenbeißen, um nicht laut zu schreien.

„Ich weiß, dass es wehtut“, sagte Tarik, „aber das Blut muss wieder in Gang kommen, sonst verlierst du die Zehen. Oder noch mehr.“

Conor setzte sich neben Tarik, zog Abeke den anderen Stiefel und Strumpf aus und begann ebenfalls zu reiben. Jetzt schrie Abeke wirklich. Die Schmerzen waren schlimm, aber die Demütigung war noch schlimmer.

„Ich …“, setzte sie an und beugte sich vor.

„Nichts sagen“, fiel Conor ihr ins Wort, als wüsste er, was sie dachte. „Bei Nachtwachen im Winter bekommen euranische Schäfer manchmal auch Erfrierungen. Ich mache das nicht zum ersten Mal, also hör auf, dich zu wehren, und lass dir helfen.“

Abeke bedeckte das Gesicht mit den Händen. Ein Junge ihres Alters massierte ihr den Fuß! Am liebsten wäre sie im Boden versunken. Andererseits war dieser Junge ihr Freund Conor, und er tat etwas für sie, was noch nie jemand für sie getan hatte.

So ist es in einer Familie, dachte sie.

Shane hatte das vor einer Ewigkeit gesagt – dass sie sich dort, wohin es sie verschlug, eine Familie suchen müssten.

Sie nahm die Hände vom Gesicht.

„Danke", brachte sie heraus, als sie ihre Füße wieder spürte.

Sie marschierten weiter und kamen schließlich bei dem Gebirge an, das sie seit Tagen am Horizont sahen. Erst als Abeke unmittelbar davorstand, begriff sie, wie hoch es war.

„Ich würde nie den Weg durch das Gebirge wählen, wenn unser Kompass nicht in diese Richtung zeigen würde", sagte Tarik. „Für einen Weg um die Berge herum haben wir nicht genügend Proviant."

Das Massiv vor ihnen sah aus, als wäre vor langer Zeit etwas mit Urgewalt explodiert und hätte diese Berge aus tiefblauem Eis an die Oberfläche gedrückt. Gewaltige Pfeiler türmten sich so hoch zum Himmel auf, dass es Abeke nicht gewundert hätte, wenn die Spitzen in den Wolken verschwunden wären.

Sie sahen sich betreten an.

„Wollen wir?", sagte Meilin.

Sie begannen hinaufzusteigen.

Sofort wünschte sich Abeke, Uraza wäre an ihrer Seite. Mit den zusätzlichen Kräften, die die Anwesenheit des Seelentiers ihr verliehen hätte, wäre sie mühelos von Zinne zu

Zinne gesprungen. Doch war es zu kalt für die Leopardin und außerdem gab es für sie nichts zu fressen.

Sie kletterten stundenlang. Irgendwann waren sie so hoch oben, dass Abeke schon vom Hinunterblicken auf die Ebene schwindlig wurde. Trotzdem schienen sie dem Gipfel nicht näher zu kommen. Sie sicherten sich weiter gegenseitig mit dem Seil ab, was sie viele Male vor dem Absturz bewahrte. Schließlich rutschte man beim Klettern auf Eis oft aus.

Gegen Abend war Abeke so erschöpft, dass ihre Unterarme selbst dann zitterten, wenn sie sich nicht irgendwo festklammerte. Auch die anderen waren erschöpft.

„Hier machen wir halt!", rief Tarik.

„Wo? Hier?" Rollan sah sich um. „Wir hängen an der Flanke eines Eisbergs!"

Tarik gab ihm einen Stift, der aussah wie ein Nagel für das Haus eines Riesen. „Nimm deinen Hammer und nagle die Ecke der Zeltplane auf das Eis", sagte er.

Wenige Minuten später hing ihr Zelt wie ein Vorhang an der Bergflanke hinunter. Sie versammelten sich davor.

„Kuschelig", sagte Rollan.

Abeke und Conor sahen ihn an, als wäre er verrückt geworden.

„Kleiner Scherz", murmelte er, als hätte er keine Kraft mehr für weitere Erklärungen.

Tarik zeigte auf eine Stelle unter der Zeltplane und Maya

legte die Hände auf das Eis. Zwischen ihren Fingern erschien ein schwaches Licht. Fauchend und knisternd verwandelte sich das Eis erst in Wasser und wurde dann zu Dampf. In der Bergflanke entstand eine Delle.

„Das reicht", sagte Tarik. Maya machte fünf weitere Dellen.

„Für was sind die?", fragte Meilin.

„Das sind die Betten, in denen ihr übernachten werdet", erklärte Tarik und zwängte sich mit dem Rücken voraus in ein Loch.

„Betten?", fragte Rollan. „Die Löcher sind so klein, dass ich mit etwas Glück darin sitzen kann."

„Dann betrachte sie als Stuhl für die Nacht", sagte Tarik. „Ruht euch aus, so gut es geht."

Abeke war gerade eingeschlafen, da weckte sie ein Geräusch. Es hörte sich an, als würden kleine Fäuste auf die Zeltplane trommeln. Sie hob einen Zipfel hoch und sah unzählige Eisstückchen den Hang hinunterrollen.

„EINE LAWI…!", setzte sie an, aber Tarik langte zu ihr herüber und fasste sie am Arm.

„Keine Angst", sagte er, „das ist nur ein Hagelschauer. Eis, das herunterfällt, gefrorener Regen."

Eis, das vom Himmel fiel? Abeke sank in ihre Grube zurück und versuchte, wieder einzuschlafen. Die Bergflanke war alles andere als gemütlich und sie spürte, wie die Kälte in ihre Stiefel kroch und ihre Zehen erfasste.

Sie standen im Morgengrauen auf. Sie waren zwar noch müde, konnten aber nicht mehr schlafen. Die kurze Nacht hatte an ihren Kräften gezehrt wie Wind, der ununterbrochen am Sandstein nagt, und sie hatten bei jedem Schritt das Gefühl, einen Felsbrocken vor sich herzurollen. Abeke wollte gerade sagen, sie wisse nicht, wie lange sie noch durchhalten könne, da rutschte Rollan aus.

Er war hinter Abeke angeseilt, aber sie hatte keine Kraft, um ihn zu halten, und schlitterte ebenfalls hinab. Verzweifelt zappelnd suchte sie nach einem Halt, doch sie rutschte mit den Füßen über eine glatte Eisfläche und dann fiel sie plötzlich durch die Luft.

Mit einem Ruck blieb sie hängen und das Seil zog sich um ihre Taille zusammen. Keuchend rang sie nach Luft und hob den Kopf. Über ihr stemmte sich Tarik gegen einen Eisbrocken und versuchte das Seil zu halten, mit dem sie zusammengebunden waren. Doch auch er rutschte auf dem abschüssigen Untergrund und konnte ihr Gewicht nicht halten. Abeke und Rollan drohten ihn und die anderen nach unten zu reißen. Kurz entschlossen zog Abeke ihr Messer aus der Scheide an ihrem Gürtel und durchtrennte das Seil.

„Nicht!“, schrie Tarik.

Doch Abeke fiel bereits. Nach einem endlos langen Moment prallte sie gegen Rollan, der ein paar Meter unter ihr auf einem Sims aufgekommen war. Der Kopf tat ihr weh und das Messer rutschte ihr aus der Hand. Nur wenige Zentimeter von ihrem Kopf entfernt fiel die Eiswand senkrecht in die Tiefe ab. Abeke wagte nicht, sich zu rühren, aus Angst, weiter hinabzugleiten.

Die anderen standen verzweifelt über ihnen.

„Rollan, benutze den Schieferelefanten!“, rief Meilin.

Abeke fragte sich, warum sie selber nicht schon längst auf diese Idee gekommen war. Offenbar beeinträchtigte der ständige Hunger auch ihren Verstand. Jedenfalls schienen gute Einfälle hier genauso Mangelware zu sein wie Wärme.

„Er steckt in meinem Bündel, ich komme nicht ran“, sagte Rollan. Er klang hoffnungslos, denn auch er klammerte sich verzweifelt an dem Sims fest und konnte jederzeit abrutschen.

„Wo ist der Granitwidder?“, rief Abeke.

„Den habe ich“, antwortete Tarik.

„Wirf ihn Abeke zu!“, rief Rollan. „Dann kann sie sich in Sicherheit bringen. Essix spielt hoffentlich mit und bringt mir den Talisman, sobald sie oben ist.“

Es war riskant, aber sie hatten keine andere Wahl. Tarik ließ den Granitwidder vorsichtig zu Abeke hinunterfallen und für einen Moment fürchtete sie, den Talisman nicht zu fangen. Aber dann schlossen sich ihre Finger um die Figur und Abeke atmete auf. Sie nahm sich nicht die Zeit, ihn um den Hals zu hängen, sondern schob ihn einfach in ihren Mantel. Sie zuckte zusammen, als der kalte Stein ihre Haut berührte. Doch sofort fühlte sie neue Kraft. Ihr Blick veränderte sich und sie sah die Umgebung nicht mehr als Ansammlung von Gegenständen, sondern als Folge von Abständen zwischen Haltepunkten.

Vorsichtig richtete sie sich auf. Der tückische Hang wirkte auf einmal gar nicht mehr bedrohlich. Sie suchte mit den Füßen nach einem festen Halt, um abzuspringen, geriet dabei aber ins Rutschen. Rasch drückte sie sich ab und sprang.

Ihre Beine zitterten nicht mehr vor Erschöpfung und ihr Kopf war klar. Sie wusste genau, wozu sie fähig war. Entsprechend schnell sprang sie den Hang hinauf und legte in wenigen Minuten eine Strecke zurück, für die sie unter anderen Umständen Stunden gebraucht hätte.

Als sie bei den anderen angekommen war, hob sie den Kopf und suchte nach Essix.

Sie wartete, doch der Falke kam nicht. Abeke war kurz davor, Rollan den Talisman einfach zuzuwerfen, da kreiste Essix plötzlich gemächlich über ihr und landete. Sie sah Abeke nicht an und tat so, als wäre sie nur zu ihrem Vergnügen hier. Doch als Abeke ihr den Granitwidder hinhielt, packte sie die Schnur und flog damit zu Rollan hinunter.

Als auch Rollan wieder sicher bei ihnen war, erklommen sie das letzte Stück zum Gipfel. Abeke blieb kurz stehen, um sich zu orientieren und womöglich Sukas Versteck zu entdecken. Doch sie sah nur die vereiste Ebene.

Der Abstieg ging wesentlich schneller als der Aufstieg und sie erreichten den Fuß des Bergs bei Einbruch der Nacht. Diesmal schlugen sie ein richtiges Lager auf, mit einem aufrecht stehenden Zelt und ebenen Schlafplätzen. Maya machte ein Feuer, an dem sie sich etwas wärmen konnten. Allerdings brannte es ohne Holz nicht sehr lange. Immerhin konnten sie in ihren Bechern Eis schmelzen, sodass jeder einen Schluck warmes Wasser bekam.

Als Abeke am sechsten Tag der Reise aufwachte, war sie fest davon überzeugt, dass die mörderische Suche heute enden würde. Suka befand sich in ihrer Nähe, der Kompass schien es anzuzeigen. Sie marschierten zwei Stunden lang, dann begann die Kompassnadel wild zu zucken. Weitere zwei Stunden später vibrierte sie ständig.

Das Vibrieren wurde immer stärker, bis schließlich die Abdeckung aufklappte. Darunter hätte sich eigentlich massives Messing befinden sollen, doch ein Hohlraum kam zum Vorschein.

Tarik zog die Luft zwischen den Zähnen ein. Der Grünmantel entnahm der Kapsel einen kleinen Zettel und faltete ihn auseinander. Darauf standen drei handgeschriebene Wörter: TUT MIR LEID.

Die Ardu

Eine Weile lang sagte niemand etwas. Conor konnte die Wörter nicht lesen, nahm aber an, dass sie nichts Gutes bedeuteten. Der Kompass war kaputt, sie waren irgendwo auf einem Kontinent aus Eis gestrandet und Suka war nirgends zu sehen.

„Nein", sagte Meilin leise, „das darf nicht wahr sein. Das darf nicht …"

Maya begann zu weinen. Abeke stand wie erstarrt da und Rollan hockte sich hin und schlug mit den Fäusten auf das Eis ein.

„Rollan …", begann Tarik.

„Ich habe nicht aufgepasst", sagte Rollan. „Ich wurde durch meine … durch diese Frau namens Aidana abgelenkt und habe nicht genug auf Pia geachtet. Sie hat mich offenbar angelogen. Ich hätte das merken müssen. Tut mir leid."

Abeke schüttelte den Kopf, Meilin drehte sich langsam um sich selbst, als suchte sie etwas in der Eiswüste.

Conor sah nichts, nur Berge und den Horizont. Keine Stadt, keine anderen Menschen, keinen Ausweg. Selbst wenn sie sich wieder auf den Weg nach Süden machten, wäre ihr Proviant längst aufgebraucht, bevor sie Eura erreichten. Sie hatten nur ihre Zeit verschwendet, während die Eroberer unaufhaltsam weiter vorrückten. Vielleicht hatte dieser Shane Suka inzwischen schon gefunden, während sie noch ziellos durch den ödesten Landstrich von ganz Erdas irrten.

Conor setzte sich, wie von einer schweren Last niedergedrückt. Er hatte seine Heimat und seine Familie verlassen, um einer noblen Sache zu dienen. In einer Eiswüste umzukommen, war nicht nobel, sondern erbärmlich.

„Immer noch neugierig auf Arctica, Tarik?", fragte Rollan. „Willst du immer noch Erdas in seiner vielfältigen Schönheit kennenlernen?"

Tarik wollte zu einer Erwiderung ansetzen, hatte dann aber offenbar eine andere Idee. „Vielleicht kann Essix uns helfen", sagte er leise.

„Essix", rief Rollan, „kannst du etwas sehen? Flieg bitte ganz hoch hinauf und sieh dich mit deinen scharfen Augen um."

Der Falke gehorchte, was Conors Stimmung aber nicht besserte. Offenbar hatte selbst Essix begriffen, wie ausweglos ihre Lage war, wenn sie Rollans Befehl ohne den leisesten Protest befolgte.

In Ermangelung einer anderen Beschäftigung saßen sie herum und verzehrten ihre magere Tagesration. Conor hoffte, dass der alte Zwieback und der Bissen Pökelfleisch ihm frischen Schwung und neue Hoffnung verleihen würden. Doch sein knurrender Magen sog die Nahrung auf wie der Wüstenboden einen Becher Wasser und fühlte sich danach nicht besser an. Maya wärmte sie mit kurzen Feuern und wollte wieder das Spiel mit den Leibspeisen spielen, aber der Gedanke an Essen war für alle zu deprimierend.

Tarik untersuchte den Kompass und nahm ihn Stück für Stück auseinander. „Das war einmal ein richtiger Kompass, aber Pia hat ihn beschädigt. Er hat uns nirgendwohin geführt."

„Sie wollte uns nie helfen", sagte Rollan.

„Sie wollte unseren Tod, damit sie und ihre Leute weiter ihr künstlich verlängertes Leben führen können", fügte Meilin hinzu. Ihre Stimme klang so hart wie Eis.

Maya ging neben ihnen auf und ab. Sie atmete mühsam, als könnte sie jederzeit in Schluchzen ausbrechen.

Eine Weile später landete Essix auf Rollans Schulter und blieb wie ein Häufchen Elend dort sitzen. Offenbar hatte auch sie nichts gesehen, was ihnen helfen konnte.

„Ich habe vom Gipfel aus auch keine Anzeichen einer Stadt erkennen können", meinte Conor.

„Was für einer Stadt?“, fragte Rollan. „In Arctica gibt es keine Städte.“

„Ich meine die Eisstadt. Ihr kennt doch alle das alte Lied, in dem es heißt, der Große Eisbär würde in der Eisstadt schlafen.“

„Wenn das stimmt“, sagte Rollan.

„Alte Lieder tragen immer ein Körnchen Wahrheit in sich.“

Abeke nickte nachdenklich. Conor fühlte sich ermutigt, weiterzusprechen.

„Wegen der alten Legenden wissen wir doch überhaupt erst von Sukas Verbindung zu Samis und das hat ja auch gestimmt. Zwar haben wir Suka nicht angetroffen, aber sie war früher häufiger dort. Vielleicht beruht dieses Lied auch auf der Wahrheit.“

Conor räusperte sich, packte seinen Hirtenstab fester und begann zu singen. Er hatte keine kräftige Stimme, aber Schäfer pflegten immer zu singen, deshalb hatte er viel Übung, auch wenn er als Zuhörer bisher nur Schafe gehabt hatte, die sich nicht für den Text interessierten.

Im Westen der Sonne und im Norden der See,
Auf einem langen Rücken aus Eis
Schläft gefangen in Frost und Schnee
Eine Bärin, riesig und weiß.
In Samis ist sie vielen bekannt.

Ein jeder sie mit dem Atem ehrt,
Doch ihr eigener Atem, in die Kälte verbannt,
In der Eisstadt, die dem Tod den Zutritt verwehrt.
Geschützt vor verderblichen Winden
Meißeln sie die Stadt aus dem Schnee …

„Moment mal", unterbrach Meilin. „Im Norden der See? Da sind wir doch."

„Und der lange Rücken aus Eis könnte das Gebirge sein", fügte Abeke hinzu.

„Wir suchen also nach einer Stadt aus Eis", sagte Conor.

„Und wo?", fragte Rollan.

„Wir sind schon im Norden der Eisberge", sagte Conor. „Als zweite Himmelsrichtung …"

„… wird Westen genannt", fiel Tarik ein.

„Ja, und in der letzten Strophe heißt es noch ‚das Wasser leckt an der fallenden Sonne'. Ich wette, Suka schläft in der Nähe der Westküste von Arctica."

„An der Küste finden wir bestimmt auch was zu essen", fügte Tarik hinzu.

Sie brachen also nach Westen auf. Der Marsch zog sich endlos hin. Abends hatten sie die Sonne im Gesicht, morgens schien sie ihnen auf den Rücken.

Conor vermied es, die Tage zu zählen. Zahlen entmutigten ihn nur. Er wollte nicht darüber nachdenken, dass er nur noch zwei Zwiebacke und keine Äpfel mehr hatte.

An dem Morgen, an dem sie ihre letzte Ration aßen, begann jemand zu weinen. Vielleicht bin ich es sogar selber, dachte Conor. Oder sie weinten alle. Er hatte nicht mehr die Kraft, sich umzusehen.

Ein heiserer Schrei schreckte ihn auf.

Essix war von einem ihrer vielen Erkundungsflüge zurückgekehrt. Diesmal hielt sie allerdings etwas Weißes in den Krallen. Als sie tiefer flog, sah Conor, dass es sich um einen Schneefuchs handelte. Davon bekam man zwar keine sechs Leute satt, aber beim Gedanken an frisches Fleisch, und sei es auch noch so wenig, begann sein Magen so heftig zu kneifen, dass er sich vor Schmerzen vornüberbeugte.

Dann sah er, dass der Fuchs noch zappelte. Essix hatte ihn nicht getötet. Sie schwebte jetzt über Conor und schlug heftig mit den Flügeln, um sich gegen den Wind zu behaupten.

„Nimm den Fuchs", drängte Rollan. „Essix will, dass du damit etwas tust."

„Aha!" Conor nahm den Fuchs von Essix und hielt ihn fest. Briggan hatte damals bei Samis das Wolfsrudel davon abgehalten, die Karibuherde anzugreifen. Vielleicht wusste Essix, dass Briggan einen gewissen Einfluss auf Mitglieder der Familie der Hunde hatte. „Schieb meinen Ärmel hoch, Rollan."

Sobald sein Unterarm bloß lag, ließ Conor Briggan frei.

Der Wolf schüttelte sich, wie um nach einem Bad sein Fell zu trocknen, und tänzelte um Conor herum. Er erinnerte mehr an einen verspielten Welpen als an einen erwachsenen Wolf.

„Briggan! Ich weiß, dass du dich freust, wieder draußen zu sein, aber kannst du mit dem Fuchs sprechen? Und herausfinden, ob er weiß, wo Suka steckt? Oder überhaupt, wo wir etwas zu essen und einen geschützten Schlafplatz finden?"

Briggan beschnupperte den Fuchs, heulte und umkreiste Conor aufgeregt.

„Ich glaube, er will, dass ich den Fuchs absetze", sagte Conor.

Kaum hatte er seinen Griff gelockert, da sprang der Fuchs schon auf den Boden. Er starrte Briggan kurz an, dann lief er in Richtung Westen los.

„Kommt mit!", rief Conor und rannte ihm nach.

Ein Ziel vor Augen verlieh ihm mehr Kraft als ein trockener Zwieback und ein letzter Rest Pökelfleisch.

Doch konnten er und seine Gefährten das Tempo nicht lange halten, erschöpft und halb verhungert, wie sie waren. Sie wurden langsamer, und nur noch Briggan folgte der Fährte des Fuchses, der schon gar nicht mehr zu sehen war. Nur Conor meinte einen leichten Moschusgeruch wahrzunehmen, aber er konnte natürlich nicht so gut riechen wie Briggan.

Rollan entdeckte die Gebilde am Horizont als Erster. Beim Näherkommen konnte Conor eine Gruppe niedriger Gebäude mit kuppelförmigen Dächern ausmachen. Sie waren aus aufeinandergestapelten Eisblöcken erbaut und die Zwischenräume waren wiederum durch Eis versiegelt worden.

„Die Eisstadt!", sagte er.

„Wenn das eine Stadt ist, bin ich eine Armee", erwiderte Rollan.

Einige Hunde tauchten auf und bellten beim Anblick der Reisenden wie verrückt. Hinter den Hunden erschienen Menschen. Sie hielten Knochenmesser und Speere mit Spitzen aus Elfenbein. Außerdem sah Conor viele weitere Tiere – Schneefüchse, Eismöwen, Robben, Schneehasen und Schnee-Eulen, Hermeline, einen Moschusochsen und zwei große Karibus mit ausladenden Geweihen.

„Eine Siedlung der Ardu", sagte Tarik. „Sie wirken nicht besonders gastfreundlich."

Briggan trottete ihnen voraus und bellte. Die Hunde jaulten und verstummten.

Ein Ardu mit einem Speer trat vor. Sein Gesicht war fast vollständig unter einer dicken Fellkapuze verborgen, aber Conor sah, dass er seine hellen Augen erschrocken aufriss.

„Briggan", sagte der Mann ehrfürchtig.

Er drehte sich zu seinen Leuten um und sprach hastig mit ihnen.

„Denen zeigen wir es“, flüsterte Rollan.

Meilin seufzte und entließ Jhi. Abeke tat dasselbe mit Uraza, die sich streckte und gähnte, als hätte sie nur ein Nickerchen gemacht. Auch Essix spielte brav mit und setzte sich auf Rollans Schulter.

Der Anführer der Ardu legte seinen Speer auf das Eis. Auch die Ardu hinter ihm legten ihre Waffen ab. Daraufhin kehrten Jhi und die anderen Seelentiere in den Ruhezustand zurück.

„Die Vier Gefallenen!“, sagte der Mann.

Tarik nickte. „Sie sind zurückgekehrt und haben sich mit diesen besonderen Kindern verbunden. Wir brauchen eure Hilfe …“

Der Mann unterbrach ihn mit erhobener Hand. „Zuerst müsst ihr euch aufwärmen und etwas essen.“

Tarik nickte dankbar. Mit der Aussicht auf eine Ruhepause spürte Conor auf einmal wieder, wie müde er war. Maya sank entkräftet auf das Eis.

Tarik und Conor halfen ihr auf, und die Ardu brachten sie in eines der kleinen Kuppelhäuser. In ihm hatten sie alle sechs genug Platz, um sich zu setzen. Mit dem Rücken lehnten sie sich an die Wand aus Eis. Eine Ardufrau stellte eine breite, flache Pfanne mit Seehundfett auf den Boden und zündete sie an. Schon bald brannte ein lustig qualmendes Feuer und wärmte sie. Wenig später bekamen sie eine Schale mit heißer Fleischbrühe zu trinken. Die Hitze machte Conor schläfrig. Er leerte die Schale und legte sich hin. Conor hörte noch, wie jemand anfing zu schnarchen, dann war er selbst eingeschlafen.

Er musste den ganzen restlichen Tag und auch noch die Nacht geschlafen haben, denn als er aufwachte, war es Morgen. Er streckte sich ausgiebig und fühlte sich so erholt wie schon lange nicht mehr. Die Nächte auf dem Eis, in denen sie immer wieder aufgewacht waren und erbärmlich gefroren hatten, kamen Conor nun vor wie ein einziger Albtraum.

Tarik, Abeke und Rollan waren schon aufgestanden und Conor folgte ihnen nach draußen. Er streckte sich noch einmal und spürte, wie seine Lebensgeister zurückkehrten.

„Ich will euch ja keine Mühe machen", sagte Rollan gerade zum Anführer der Ardu, „aber wie wäre es mit Frühstück?"

Der Ardu lachte. „Zuerst gehen wir auf die Jagd, damit wir euch gebührend bewirten können."

Die Ardujäger hatten bereits Speere und Harpunen geholt und waren bereit aufzubrechen.

„Wir sollten sie begleiten", sagte Tarik leise. „Gemeinsames Jagen schafft Vertrauen und dann sagen sie uns vielleicht, was sie über Suka wissen."

Also folgten sie den Jägern. Conor versuchte zwar möglichst erfahren zu tun, vermutete aber, dass die Jäger die hinter ihnen herstolpernden Kinder insgeheim auslachten.

Er hatte gehofft, dass sie nicht weit gehen müssten. Doch sie waren über eine Stunde unterwegs und nur Briggan schien sich über die Bewegung zu freuen. Der Wolf lief vorneweg, stürzte sich mit dem Kopf voraus in Schneewehen und kletterte auf kleine Hügel aus Eis. Plötzlich sprang Uraza ihn an und die beiden wälzten sich im Schnee. Uraza drückte Briggan die Pfoten auf die Brust und bleckte die Zähne. Conor fand, dass es aussah wie ein Lächeln. Der Wolf befreite sich winselnd und die beiden Tiere begannen wie zwei Welpen herumzutollen und sich spielerisch zu beißen.

„Uraza könnte Briggan leicht besiegen", flüsterte Abeke.

„Ausgeschlossen", erwiderte Conor. „Hund schlägt Katze."

Einer der Jäger rief nach den anderen. Es klang, als hätte er etwas gefunden. Als sie ihn eingeholt hatten, sah Conor ein mit blauem Wasser gefülltes Loch im Boden. Offenbar befanden sie sich auf einer dünnen Eisschicht über dem Meer.

„Ein Atemloch", erklärte Tarik. „Seehunde, Wale und Walrosse, die im Wasser unter dem Eis leben, müssen ab und zu zum Atmen hochkommen."

Rollan schnaubte, als hätte Tarik einen Witz erzählt. „Walrosse …"

Der Jäger bedeutete ihnen mit der Hand, sich hinzulegen, dann zeigte er auf Briggan und drückte den Finger an die Lippen. Schließlich legte er sich selbst hin. Die anderen Ardu folgten seinem Beispiel. In ihren braunen Fellen sahen sie fast aus wie Seehunde.

Conor lag zwischen Briggan und Abeke.

„Langes Laufen und Herumliegen auf dem Eis ist nicht gut für kalte Zehen“, sagte er. „Ich hatte gehofft, du könntest im Warmen bleiben.“

„Mir geht es wieder gut“, sagte Abeke. „Ich achte einfach darauf, dass ich nicht wieder so kalte Füße bekomme. Ich will nicht, dass du sie wieder massieren musst.“

„Ich auch nicht“, sagte er und hätte die Worte am liebsten sofort wieder zurückgenommen. Womöglich verstand sie ihn so, als hätte er es nicht gern getan, während er doch nur gemeint hatte, dass sie nicht wieder Erfrierungen bekommen sollte.

Er verbarg sein Gesicht hinter dem Pelzkragen und wartete.

Sehr lange.

Und noch länger, während seine Nase juckte und seine Füße auskühlten. Sie verschwendeten hier ihre Zeit. Briggan wurde schon ganz unruhig und sie mussten Suka suchen! Sie sollten unterwegs sein, kämpfen und den großen Schlinger aufhalten …

Er hörte ein Plätschern. Ein nass glänzender, brauner

Seehund steckte den Kopf aus dem Wasser. Dann kam er ganz heraus und ließ sich auf das Eis fallen. Niemand bewegte sich. Zwei weitere Seehunde folgten. Immer noch rührte sich niemand. Waren die Ardu eingeschlafen?

Doch dann sprangen alle Jäger gleichzeitig auf. Sie hielten ihre Speere in der Hand und neben ihnen standen ihre Seelentiere. Die Seehunde rutschten hastig zu dem Loch zurück, doch da flogen schon drei Speere auf sie zu, die alle trafen. Die getroffenen Seehunde glitten ins Wasser, doch die Jäger hielten die Seile fest, die sie an die Speere gebunden hatten. Weitere Ardu eilten herbei und schlugen Metallpflöcke ins Eis. Die Jäger stemmten sich mit ihren Stiefeln dagegen, um nicht in das Wasserloch gezogen zu werden.

Conor und seine Gefährten waren aufgesprungen, um den Ardu zu helfen, doch das Zerren und Zappeln am anderen Ende der Leinen hörte schon bald auf. Die Jäger zogen die Seehunde zurück auf das Eis und beglückwünschten sich mit Rufen und Schulterklopfen.

So hungrig Conor war, so erschrocken war er über die gewalttätige Jagdmethode. Er unterdrückte ein Schaudern und warf Abeke einen verstohlenen Blick zu. Während er Schafe gehütet hatte, hatte sie Antilopen gejagt.

„Wahrscheinlich haben sie nichts anderes zu essen", sagte er. „Anbauen kann man hier nichts. Entweder sie fangen Seehunde oder sie verhungern."

Briggan lief zu den Seehunden und schnüffelte an ihnen, während die Jäger sie in Vorbereitung für den langen Marsch nach Hause mit Seilen verschnürten.

Briggan hörte auf zu schnüffeln, erstarrte und hob den Kopf. Er lauschte.

„Was ist, Brig?“, fragte Conor. Dann hörte er es auch. Ein leises Rumpeln, als würde ein schwerer Gegenstand ganz langsam über den Boden gerollt – ein Gegenstand von der Größe des Mondes. Er blickte sich um, doch die anderen hatten das Geräusch anscheinend nicht gehört. Abekes Aufmerksamkeit galt den Jägern, Rollan rief gerade Essix. Nur Tarik sah Conor fragend an.

„He, Leute“, rief Conor, „ich glaube, ihr solltet weg von dem Loch …“

Das Rumpeln wurde lauter, doch immer noch schien es niemand zu hören. Briggan entfernte sich winselnd. Conor versuchte festzustellen, woher das Geräusch kam.

Aus dem Eis. Direkt unter ihm.

„Abeke!“, schrie er. Er rannte zu ihr, packte sie an der Hand und zog sie zurück.

„Conor, was machst …“

Abeke wurde durch ein lautes Krachen unterbrochen. Das Eis brach genau an der Stelle auseinander, an der sie eben noch gestanden hatte. Jetzt rannten alle um ihr Leben. Doch der Spalt wuchs schneller und im nächsten Augenblick war Tarik verschwunden.

Conor sah, wie die Ardu sich auf den Bauch legten, und tat es ihnen nach. Abeke und Rollan folgten seinem Beispiel. Essix flog kreischend über den Riss im Eis. Das leuchtend blaue Wasser war wieder vollkommen glatt.

„Tarik!", brüllte Rollan und kroch auf den Spalt zu. Conor folgte ihm, um Rollan an den Knöcheln festzuhalten, wenn dieser das Wasser nach Tarik absuchte. Doch da tauchte der Grünmantel schon hustend und spuckend auf. Etwas drückte ihn von unten an die Oberfläche.

Tarik zog sich auf das Eis und Rollan hielt ihn fest. Anschließend krochen sie beide hastig von dem Spalt weg. Der Seehund, der Tarik geholfen hatte, tauchte hinter ihnen aus dem Wasser auf und setzte sich aufrecht auf das Eis.

„Tötet den Seehund bitte nicht!", schrie Conor.

Eine Ardufrau lachte heiser auf.

„Natürlich nicht", sagte sie. „Er ist mein Seelentier."

Conor starrte sie mit offenem Mund an, doch er fasste sich rasch wieder. Insgeheim fragte er sich allerdings, was das für eine merkwürdige Beziehung war. Schließlich ernährte sich die Frau von den Artgenossen ihres Seelentiers.

Tarik lag zitternd auf dem Eis. Seine Lippen waren blau angelaufen.

„Wir müssen sofort aufbrechen", sagte die Frau.

„Aber Tarik …", begann Abeke.

„Er muss laufen", sagte der Anführer. „Bei dieser Kälte muss er in Bewegung bleiben, sonst stirbt er."

Tarik nickte und stand auf.

Die Jäger wechselten sich damit ab, die schweren Seehunde zum Eisdorf zurückzuziehen. Dort machten sich dann andere Ardu an die Arbeit. Sie häuteten die Tiere und bereiteten das Fleisch zu. Die Frauen halfen Tarik beim Ausziehen seiner nassen Kleider und gaben ihm trockene Sachen.

Ein paar Ardu boten den Besuchern Stühle aus zusammengepresstem Schnee an. Einige Dörfler holten mit Tierhäuten bespannte Trommeln und stimmten Lieder an. Conor knurrte schon der Magen, doch dann sah er das Festessen.

Die Ardu aßen ihr Fleisch roh. Eine Frau reichte ihm einen wabbeligen rosa Klumpen, an dem ein braun glänzendes Stück Fleisch hing. Die rosafarbenen Teile waren das Fett, wie Conor rasch herausfand.

Die Ardu saugten zuerst mit lautem Schlürfen und zufriedenem Brummen an dem Fett. Das klang so appetitanregend, dass Conor förmlich das Wasser im Mund zusammenlief.

Er nahm einen Bissen. Leider schmeckte das Fett überhaupt nicht gut, sondern so wie kaltes, zähes Fett eben schmeckte. Andererseits brauchte man im eisigen Arctica wahrscheinlich möglichst viel davon, denn es wärmte sofort. Also zog er ebenfalls einen Teil des Fetts zwischen den Zähnen hindurch und schluckte es mit angehaltenem Atem hinunter. Das braune Fleisch war so glatt wie roher Fisch und stark gesalzen. Conor hatte das Gefühl, in fest gewordenes Meerwasser zu beißen.

Die Mädchen bekamen Knochenbecher angeboten, die mit einer wabbeligen weißen Masse gefüllt waren, was offenbar eine besondere Ehre war. Sie aßen die Masse und erfuhren erst hinterher, dass es sich um Seehundhirn gehandelt hatte.

„Es war irgendwie sämig", sagte Maya.

Meilin schüttelte nur den Kopf. Sie war ein wenig grün im Gesicht.

Tarik hielt einen kleinen, aus Horn gefertigten Becher mit der weißen Masse in der Hand. Er begann auf einmal, wie wild mit dem Kopf zu nicken und sang: „Seehundhirn, Seehundhirn, kommst gewiss von glücklichen Tier'n und schmeckst auch besser als so manche Birn', Seehundhirn, Seehundhirn."

Rollan und Conor sahen sich verblüfft an. Tarik hörte auf zu singen.

„Habe ich mir das gerade eingebildet?", fragte Rollan. „Tarik, hast du soeben ein Lied über Seehundhirn gesungen?"

Tarik wirkte wieder so ernst, dass Conor überzeugt war, er würde nie zugeben, dass er ein solches Lied gesungen hatte. Und er würde erst recht nicht weitersingen …

„Seehundhirn", sang Tarik, „du liebes Hirn, kostbarer

als ein Nachtgestirn, niemals will ich dich verlier'n … nein, es geht nicht." Er setzte den Becher ab. „Ich kann mich nicht überwinden, das Zeug wirklich zu essen."

„Tarik, du ruinierst gerade deinen Ruf als Krieger, den nichts erschüttern kann", sagte Rollan. „Nimm wenigstens rasch einen Knochen und nage daran herum!"

Jetzt musste Tarik doch kurz lächeln. „Als mein Bruder und ich Kinder waren und meine Mutter uns etwas zu essen gab, was wir nicht mochten, erfanden wir immer ein Lied über die Speise. Damit wollten wir uns überzeugen, dass sie ganz köstlich schmeckte. Das funktionierte sehr gut bei Limabohnen und Grünkohl, aber kein Lied auf ganz Erdas kann mich davon überzeugen, dass Hirn ein Leckerbissen ist."

Abeke nahm den Becher, den Tarik abgestellt hatte. „Mir macht das nichts aus. In meinem Dorf haben wir alles von den Tieren gegessen, die wir erlegt haben, genau wie die Ardu."

Sie führte den Löffel mit der weißen Masse zum Mund. Dabei streifte sie Rollan und Conor mit einem Blick und Conor sah, wie Rollan ihr kaum merklich zunickte. Sie waren sich offenbar einig, dass man für jeden Bissen dankbar sein musste. Kein Wunder, dachte Conor, denn sie hatten beide ein hartes und entbehrungsreiches Leben geführt, bevor sie erwählt worden waren.

Auch seine Kindheit war nicht einfach gewesen, aber

Hunger hatte er nie leiden müssen. Selbst in Notzeiten hatte es immer Schaffleisch, Eicheln und Brot aus Rohrkolben gegeben, außerdem wilden Spargel, gekochten Klee und Löwenzahn. Doch in Abekes Dorf in der dürren Savanne und in Rollans Stadt konnte man bestimmt keine wilden Pflanzen sammeln oder Schafe schlachten. Conor wurde bewusst, dass er trotz aller Armut noch Glück gehabt hatte.

Aber hatte seine Familie auch jetzt noch Fleisch? Als er zum letzten Mal von zu Hause gehört hatte, waren die Zeiten schwierig gewesen. Seine Familie hatte einige Schafe verloren und jetzt war wahrscheinlich keines mehr übrig. Er biss in eine violette Scheibe Leber und versuchte, sie im Namen seiner Familie zu genießen.

Das Fest dauerte den ganzen Abend. Aufgespießt auf Knochenmessern wurden den Kindern immer wieder Fleisch und Fett und alle möglichen Innereien angeboten. Zuletzt kam in kleinen Schüsseln der Rest der Seehunde – klein gehackt und über Pfannen mit brennendem Seehundfett langsam gegart. Zum Abschluss reichten die Frauen noch kleine, rosafarbene Klümpchen herum, was ihnen zufriedene Rufe der Männer einbrachte. Conor steckte eins davon in den Mund. Es handelte sich wieder um Seehundfett, vermutlich gemischt mit Mehl und etwas Süßem. Zu seiner eigenen Überraschung nahm er sich noch ein zweites.

„Lecker, Kuchen aus Seehundfett“, sagte Rollan. „Genau wie meine Mutter sie immer gemacht hat.“

Aus irgendeinem Grund schien er über seinen eigenen Witz erschrocken zu sein, wirkte auf einmal ganz niedergeschlagen und wandte sich ab. Wahrscheinlich erinnert er sich daran, dass er seine Mutter gar nicht kennt, dachte Conor. Er spürte selbst einen Stich in der Brust, als er sich fragte, was seine eigene Mutter wohl in diesem Augenblick tat.

„Wir danken euch für dieses wunderbare Festmahl“, sagte Tarik schließlich so laut, dass man es über den Klang der Trommeln hinweg hörte.

„Vor allem für das Seehundhirn“, fügte Rollan leise hinzu.

Tarik räusperte sich. „Wir sind auf einer wichtigen Mission, bei der es um die Zukunft von ganz Erdas geht. Wir suchen Suka …“

Augenblicklich verstummten die Trommeln. In der folgenden Stille hörte Conor den Wind, der pfeifend über die Tundra fegte.

„Wir reden nicht über Suka“, erklärte der Anführer der Ardu kurz. „Ihr könnt heute Nacht hier schlafen. Morgen müsst ihr gehen.“

Die Ardu zeigten ihnen das Eishaus, in dem sie übernachten konnten, pressten aber die Lippen aufeinander und sprachen nicht mehr mit ihnen. Conor kroch auf

Händen und Knien durch die enge Öffnung der Hütte. Drinnen war es zu seiner Überraschung warm und still. Stehen konnte er nicht, dafür bequem auf einem Stapel Karibufelle sitzen. Die andern kamen ebenfalls herein. Ihre Seelentiere hatten sie aufgrund des beengten Platzes in den Ruhezustand versetzt. Mit Ausnahme von Essix natürlich.

„Essix hat noch eine zweite Siedlung in dieser Richtung gesehen und eine dritte in der anderen", sagte Rollan und zeigte auf zwei Ecken der Hütte.

Conor nickte. „Briggan schien dort ebenfalls Menschen zu riechen. Es müssen ziemlich viele sein, wenn er sie auf diese Entfernung wittern kann." Er erwähnte nicht, dass sogar *er* sich einbildete, Menschen zu riechen, wenn der Wind aus der entsprechenden Richtung wehte. Vielleicht war sein Geruchssinn ja besser geworden. Aber das behielt er lieber für sich, damit die anderen ihn nicht merkwürdig fanden.

„Weshalb wohnen die Ardu so weit auseinander?", fragte Meilin. „Warum nicht alle in einem Dorf?"

„Vielleicht vertragen sie sich nicht", meinte Abeke.

„Oder sie haben sich verteilt, weil sie etwas bewachen, was in der Mitte zwischen ihnen liegt", sagte Meilin.

„Womöglich die Eisstadt?", schlug Conor vor.

„Sind wir hier nicht in der Eisstadt?", fragte Maya.

„Ich glaube nicht", sagte Tarik. „Das Dorf ist zu klein

und wirkt noch zu neu. Hoffentlich sind die Ardu morgen gesprächiger und erzählen uns, was sie über die legendäre Eisstadt wissen. Auf Suka sollten wir sie besser nicht mehr ansprechen.“

Conor und Rollan gähnten beide gleichzeitig und mussten lachen.

„Zeit zum Schlafen“, meinte Tarik.

Die Eisstadt

Abeke konnte nicht schlafen.

Sie stellte sich das Ardudorf und die anderen beiden Siedlungen vor, die Essix gesehen hatte. Die Dörfer bildeten anscheinend ein Dreieck. Briggan hatte eine größere Anzahl von Menschen gewittert. Und Abeke spürte, dass da noch etwas anderes in der Luft lag. Irgendwas war faul an der Sache.

Die Lage der Dörfer erinnerte sie daran, wie die Bewohner ihres Heimatdorfes einmal eine Jagd auf ein Nilpferd veranstaltet hatten. Es war Dürrezeit gewesen und die Nahrung war knapp. Drei Gruppen von Jägern hatten sich um ein Wasserloch versammelt, das die Nilpferde als Tränke benutzten. Dann hatten sie das Nilpferd immer enger eingekreist, bis es nirgendwohin mehr fliehen konnte.

Auch die Ardu waren Jäger und hatten etwas eingekreist,

von dem niemand sonst wissen sollte. Als Tarik sie nach Suka gefragt hatte, waren Gesang und Trommeln abrupt verstummt und niemand hatte mehr gelacht. Offenbar war Suka ein streng gehütetes Geheimnis.

Abeke ließ den Blick über ihre schlafenden Gefährten wandern. Sie wollte niemanden wecken. Sie verspürte auf einmal den Wunsch, etwas Heldenhaftes zu tun, anschließend zurückzukehren und allen zu verkünden, dass sie Suka gefunden hatte!

Mantel und Handschuhe hatte sie zum Schlafen nicht ausgezogen. Sie nahm ihren Bogen und den Köcher mit den Pfeilen und kroch durch die Tür.

Draußen ließ sie Uraza frei.

„Ich weiß, dass es kalt ist", flüsterte sie. „Aber mit dir zusammen bin ich noch leiser. Hilfst du mir bei der Suche nach Suka?"

Uraza zitterte und schlug mit ihrem Schwanz einige Male hin und her. Abeke führte sie zu einem kleinen Haufen Seehundfleisch, den sie im Schnee versteckt hatte. Uraza packte das Fleisch mit ihren scharfen Zähnen und verschlang es mit wenigen hastigen Bewegungen. Dann leckte sie Abeke die Hand, hob witternd die Schnauze und trottete aus dem Dorf.

Leichter Schneefall hatte eingesetzt. Mit jedem Ausatmen wirbelte Abeke die kleinen Flocken durcheinander. Mit Uraza an ihrer Seite fühlte sie sich geschmeidig und schwerelos. Die Stiefel, mit denen sie über die dünne Schicht von frisch gefallenem Schnee ging, verursachten kein Geräusch.

Und selbst wenn sie weniger leise gewesen wäre: Die Ardu hatten lange gefeiert und würden in dieser Nacht vermutlich tief und fest schlafen.

Sobald sie das Dorf hinter sich gelassen hatten, begannen sie zu rennen. Durch die Wolken schien bläulich der Mond. Obwohl Abeke aufmerksam um sich blickte, bemerkte Uraza das Eisloch als Erste. Die Leopardin verfiel in einen langsameren Trott und Abeke folgte ihrem Beispiel.

Es handelte sich nicht um ein Atemloch wie jenes, das sie auf der Jagd gesehen hatten. Unter dem Eis war kein Wasser. Das Loch sah tief aus und schien leer zu sein. Abeke hockte sich an den Rand und sah, dass in die Eiswände gehauene Stufen nach unten führten.

Abeke lauschte mit angehaltenem Atem. Jemand folgte ihr. Sie hörte hinter sich ein unregelmäßiges Knacken des Eises und das leise Knirschen eines kleinen Stiefels, der die weiche Schneeschicht auf dem Eis niederdrückte. Uraza hob witternd die Nase, schien aber nicht weiter beunruhigt. Also handelte es sich um eine ihr bekannte Person. Aber warum folgte sie ihnen heimlich? Warum fragte sie Abeke nicht einfach, was sie vorhatte?

Auf einmal wusste Abeke warum, und sie spürte einen

Knoten im Magen – die Person traute ihr nicht und wollte sie ausspionieren. Sie hatte Abeke im Verdacht, auf der Seite des Gegners zu stehen.

Abeke überlegte, was sie tun sollte. Sich verstecken und ihren Verfolger erschrecken? Nein, sie wollte keinen Streit. Sie wollte nur Sukas Talisman finden, damit sie diesen Albtraum aus Eis und Kälte endlich hinter sich lassen konnten. Uraza drückte sich an ihr Bein. Ihr zitternder Leib war ein stummer Appell.

Abeke stand auf, drehte sich um und flüsterte in die Dunkelheit: „Bist du das, Meilin?"

Niemand antwortete, aber wenige Augenblicke später tauchte Meilin aus der Dunkelheit auf. Von ihrem sonst so stolz gereckten Kinn und dem herausfordernden Blick war nicht viel übrig. Sie hatte den Kopf verlegen gesenkt und wich Abekes Blick aus. Abeke tat, als bemerkte sie es nicht.

„Gut, dass du da bist", flüsterte sie. „Ich vermute, dass da unten etwas ist – vielleicht Suka. Sollen wir gemeinsam nachsehen?"

Sie begann die Treppe hinunterzusteigen und wartete angespannt darauf, dass Meilin sie zur Rede stellen und ihr Vorwürfe machen würde. Doch Meilin folgte ihr nur stumm. Abeke atmete erleichtert auf.

Die Treppe führte immer weiter in die Tiefe. Um sie herum war nur Dunkelheit, doch sie folgten Uraza, die vorausgelaufen war. Die Leopardin schien zu spüren, dass die Treppe nicht in einen bodenlosen Abgrund führte. Da Abeke mit den Absätzen ihrer Stiefel keinen Halt fand, ging sie auf den Zehenspitzen. Ihre Schenkel schmerzten bereits von der Anstrengung, auf dem schlüpfrigen Eis Halt zu finden. Dann rutschte sie trotzdem aus. Ihre Füße flogen förmlich unter ihr weg und im nächsten Moment lag sie auf dem Boden. Unsanft holpernd fiel sie die eisigen Stufen hinunter und dem Abgrund entgegen.

Doch da prallte sie gegen ein warmes, pelziges Etwas, schlang die Arme um Urazas Hals und hörte, wie die Krallen der Leopardin sich ins Eis gruben. Abekes Absturz war gestoppt. Sie hielt sich weiter an Urazas dickem Fell fest, stand auf und stieg gemeinsam mit Uraza vorsichtig den Rest der Treppe zu einem schwach erleuchteten Gang hinunter.

„Meilin", rief sie leise in das Dunkel über ihr, „pass auf, ich …"

Da kam Meilin schon in Sicht. Sie rutschte die Treppe auf dem Rücken hinunter und hatte das Kinn trotzig erhoben, als wollte sie Abeke verbieten, sie auszulachen.

Abeke hob die Mundwinkel ein wenig und Meilin antwortete ihr mit einem kurzen Lächeln.

Sie schlichen den engen Tunnel aus Eis entlang. Dann öffnete sich der Tunnel und die Mädchen blieben sprachlos stehen.

Ein langer, schmaler Riss hatte das Eis wohl vor ewigen Zeiten gespalten und daraus war eine riesige unterirdische Schlucht entstanden, die so lang war, dass sie das Ende nicht sehen konnten. Über der Schlucht befand sich, wie bei den tückischen Spalten der Eiswüste, eine dünne Eisdecke. Der Mond schien fahl durch das Eis und tauchte die Schlucht in einen schwachen, bläulichsilbrigen Schein.

„Die Eisstadt", flüsterte Meilin. „Sie liegt unter der Erde."

Abeke nickte. Sie wagte nicht, ein Geräusch zu machen. Zwar sah sie niemanden, aber Uraza hatte den Kopf gehoben, wie sie es immer tat, wenn sie Menschen witterte.

Als Erstes bemerkte Abeke, dass es hier unten wärmer war, was aber vielleicht nur daran lag, dass die Schlucht vor den eisigen arcticanischen Winden geschützt war. Als Zweites fiel ihr die Stille auf. Das Eis dämpfte alle Geräusche. Ihr Herzschlag kam ihr laut vor im Vergleich zu der Stille, die einem auf ihre Weise genauso in den Ohren klang wie die Trommeln der Ardu. Nur das gelegentliche Knistern und Knacken des Eises war zu hören, das offenbar nie ganz zur Ruhe kam.

Sie verließen den Tunnel und betraten die Eisstadt.

Die Schlucht war viel größer als die Spalten, in die Meilin und Rollan auf dem Weg durch die Eislandschaft gefallen waren. Sie schnitt durch eine dicke Schicht aus massivem Eis und in die Wände auf beiden Seiten war eine ganze

Stadt hineingehauen. Abeke ging den schmalen Weg auf der einen Seite der Schlucht entlang. Wie die Waben in einem Bienenstock folgte ein Zimmer auf das andere. Alles war gebogen und gekrümmt, es gab keine geraden Kanten. An den Türöffnungen hingen Felle. Abeke spähte durch eine durchsichtige Scheibe aus Eis, die offenbar als Fenster diente. Das Zimmer dahinter war vollständig eingerichtet mit einem aus Eis gefertigten Tisch und Stühlen und einem großen Eisklotz als Bett. Es war leer. Viele Zimmer waren leer, aber in einigen schliefen Menschen, zugedeckt mit Karibufellen.

„Woher kommt das Licht?", flüsterte Meilin.

Abeke zuckte mit den Schultern. Eigentlich hätte es in den Zimmern dunkel sein müssen, aber alle Flächen waren mit einem silbrigen Zwielicht überzogen. Die Erbauer hatten sich wohl darauf verstanden, das Eis so zu bearbeiten, dass es das wenige Mond- und Sternenlicht, das in die Schlucht fiel, reflektierte.

Sämtliche Oberflächen waren aufwendig gestaltet – der Boden ähnelte einem Straßenpflaster und die großen, von der Decke herunterhängenden Eiszapfen waren mit verschlungenen Mustern bedeckt. Die Fassaden der Häuser waren mit den Köpfen von Frauen und Kindern, von Kriegern und Jägern oder arcticanischen Tieren verziert. Die Wände glichen gefrorenen Bildteppichen, die Eisblöcke atemberaubenden Skulpturen. Wohin Abeke auch blickte, überall sah sie Schnitzwerke, die im Verlauf von Jahrhunderten entstanden sein mochten.

Brücken aus Eis wölbten sich über die Schlucht. Eine davon knarrte leise unter ihren Schuhen, als Abeke und Meilin sie überquerten. Auf der gegenüberliegenden Seite stießen sie auf eine Vielzahl weiterer Häuser und aus dem Eis gemeißelter Bildwerke. Sie erreichten eine Treppe, die nach unten führte.

Wahrscheinlich verbarg sich Suka so tief im Eis wie möglich. Sie stiegen also die Treppe hinunter und gelangten auf eine andere Ebene der Eisstadt mit noch mehr Häusern und Kunstwerken. Eine scheinbar endlose Folge von weiteren Treppen führte zu vielen weiteren Stockwerken.

Je tiefer sie stiegen, desto wärmer wurde es. Abeke war sich allerdings nicht sicher, ob sie sich das nicht nur einbildete. Dann hörte das Eis plötzlich auf. Der Rest der Stadt war in Felsgestein gehauen. Es gab keine Bilder und Skulpturen mehr, nur noch Wege und Treppen aus dunkelbraunem Stein. Sie waren so tief hinuntergestiegen, dass Abeke schon das Gefühl hatte, bald am Mittelpunkt der Erde angelangt zu sein. Der Druck auf ihren Ohren nahm zu.

Sie drangen in die Felsenstadt ein, wo es noch wärmer wurde. Uraza hechelte zufrieden. Abeke warf Meilin einen Blick zu. Ob sie Jhi jetzt freiließ, weil auch der Panda nicht mehr unter der Kälte leiden würde? Meilin hob die Augenbrauen. Vielleicht hatte sie ihre Gedanken erraten. Aber Jhi blieb ein Mal auf Meilins Arm.

Die Mädchen zogen Mäntel und Handschuhe aus und klemmten sie sich unter die Arme. Fackeln aus ölgetränkten, um Knochen gewickelten Fellen beleuchteten knisternd dunkle Ecken. Endlich waren sie ganz unten angekommen. Ein warmer Luftzug strich über eine Reihe von Teichen und Abeke stellte sich vor, wie himmlisch es wäre, in ihrem Wasser zu baden. Bestimmt nutzten die Bewohner der Stadt diese unterste Ebene, um sich zu waschen, zu trinken, zu kochen und sich von dem eisigen arcticanischen Klima zu erholen. Wenn sie sich mit einem Schneeleoparden verbunden hätte, wäre es ihr hier vermutlich wie im Paradies vorgekommen.

„Aber Suka soll doch im Eis eingefroren sein", flüsterte Meilin.

Abeke nickte. Hier unten würden sie Suka nicht finden. Sie zeigte nach oben.

Sie gingen wieder hinauf, bis Abekes Beine zitterten und sie sich fragte, ob sie ohne Uraza überhaupt die Kraft hätte, die ganze Nacht Treppen zu steigen. Meilin hielt dagegen durch, ohne sich der zusätzlichen Kräfte zu bedienen, die Jhi ihr womöglich hätte geben können. Sie war schon immer zäh gewesen, aber seit dem Tod ihres Vaters schien ihre Energie unerschöpflich.

In den obersten Stock aus Eis zurückgekehrt, erkundeten sie die verschiedenen Wege der Schlucht. Plötzlich blieb Uraza stehen und lauschte mit aufgestellten Ohren. Abeke und Meilin hielten ebenfalls an. Jetzt hörte Abekes es auch. Ein Murmeln und Rascheln. Menschen, die sich unruhig im Schlaf bewegten. Sie waren schon an Hunderten von Wohnungen vorbeigekommen. Und jeder Ardu, der im kalten Arctica lebte, hatte ein Seelentier. Wenn sie entdeckt wurden, wenn die Stadt aufwachte und sie angegriffen wurden, hatten sie wahrscheinlich keine Chance.

Doch das Murmeln legte sich wieder und Uraza trottete weiter.

Sie gelangten zum Ende der Schlucht. Vor ihnen ragte die Fassade eines riesigen Gebäudes aus Eis auf.

„Ein Palast", flüsterte Meilin.

„Der Eispalast", sagte Abeke.

Das Äußere des Palasts bestand aus dickem, grünlich weißem Eis, mit Ausnahme der Fenster, die aus dünnen durchsichtigen Eisscheiben gefertigt waren. Das Gebäude war viele Stockwerke hoch und wurde gestützt von dicken Pfeilern aus Eis, um die sich geschnitzte Ranken schlangen. Es wurde bekrönt von einem strahlend weißen Dach mit einem dreieckigen Giebel.

Der Eingang hatte keine Tür. Sie traten ein.

Vor ihnen öffnete sich ein großer Saal mit in den Boden eingeritzten Fließen, schlanken Säulen, die die Decke stützten und einer gewaltigen Treppe. Über allem hing ein riesiger Kronleuchter aus Eis. Abeke wusste, dass sie keine Zeit haben würden, alle Räume anzusehen und alle Kunstwerke, Möbel und Säulen zu bestaunen. Sie hatten keine Zeit für Besichtigungen, denn sie hatten bereits gefunden, was sie suchten.

In der Mitte des Saals erwartete sie die Eisbärin Suka.

Eingefroren

Suka bewegte sich nicht. Sie zwinkerte nicht einmal mit den Augenlidern. Und sie brüllte auch nicht. Meilin hielt die Luft an, ihr Herz klopfte. Es dauerte einen Moment, bis ihr klar wurde, dass die Bärin in einem Block aus vollkommen durchsichtigem Eis eingeschlossen war.

Meilin ging um den gewaltigen Block herum, der so groß war wie eine Scheune, und betrachtete das Eis. Es war ganz klar und die Oberfläche vollkommen glatt, wie von Wasser abgeschliffen. Doch war ihr die ganze Zeit beklommen zumute und sie musste sich endlich eingestehen, dass sie den Anblick der Eisbärin bisher gemieden hatte.

Ich bin die Tochter meines Vaters, dachte sie. Ich habe keine Angst.

Das Eis war trotz seiner Stärke so durchsichtig wie Glas. Meilin zwang sich, ruhiger zu atmen. Dann betrachtete sie eine Tatze der Bärin, die Strähnen des weißen Fells, die wie von einem Luftzug bewegt zu werden schienen, und die fünf geschwungenen schwarzen Klauen, von denen jede größer war als Meilins ganze Hand. Sie nahm ihren Mut zusammen und blickte nach oben.

In dem Augenblick, als sie eingefroren wurde, hatte Suka auf den Hinterbeinen gestanden und die Vorderbeine herausfordernd erhoben. Meilin legte den Kopf in den Nacken und blickte zu dem Kopf der Eisbärin hinauf.

„Komm hierher!", flüsterte Abeke.

Sie stand am oberen Ende einer Treppe, die zu einer Empore hinaufführte. Meilin folgte ihr und zählte dabei die Stufen: fünfunddreißig. Oben angekommen stand sie auf der Höhe von Sukas Augen. Die Eisbärin schien sie anzustarren. Ihre schwarzen Augen waren geöffnet, bewegten sich aber nicht. Auch ihr Maul stand ein wenig offen, sodass Meilin die langen, gelben Zähne sehen konnte.

Meilin schätzte, dass Suka in etwa so groß war wie ein zhongesischer Tempel. Und natürlich entsprechend breit und schwer.

War es klug, dieses gefährliche Tier aufzuwecken?

„Sieh mal", flüsterte Abeke ehrfürchtig.

Meilin entdeckte sofort, was sie meinte. An einer Schnur an Sukas linker Tatze hing ein blauer Kristall in Form eines Eisbären.

„Ihr Talisman", flüsterte Meilin.

Vielleicht brauchten sie Suka gar nicht zu wecken. Vielleicht reichte es, das Eis aufzubrechen und den Talisman herauszuholen …

„Wir brauchen Maya", sagte Meilin.

Abeke sah sich um und spähte in einige Zimmer. „Durch den Eispalast scheint man nicht nach draußen zu kommen."

„Dann müssen wir auf dem Weg zurückkehren, auf dem wir gekommen sind", sagte Meilin.

Abeke nickte. „Ich warte hier und passe auf Suka auf, während du die anderen holst."

Meilin hatte bereits eine Gänsehaut vor Aufregung über die Begegnung mit dem furchterregenden Großen Tier. Auf Abekes Worte hin richteten sich die Härchen auf ihren Armen noch steiler auf. Sie versuchte, an Abekes Miene abzulesen, ob sie vorhatte, sie zu hintergehen.

„Vielleicht sollte lieber ich bleiben …", begann sie.

Abeke seufzte. „Meilin, ich habe alles getan, was ich konnte. Ich bin von zu Hause weggegangen, ich habe die Eroberer verlassen und bin zu den Grünmänteln übergelaufen und ich habe neben dir geschlafen und gekämpft. Was kann ich noch tun, damit du mir vertraust?"

Meilin fühlte Ärger in sich aufsteigen. Sie konnte Abekes unschuldige Augen im Dunkeln kaum erkennen, aber das reichte, um unwillkürlich ihre Fäuste zu ballen. Abekes

Familie lebte und befand sich in Nilo in Sicherheit. Und Abeke hatte Shane umarmt. Vielleicht schmiedete sie ein Komplott mit den Gegnern der Grünmäntel. Es musste doch jemanden geben, der am Tod von Meilins Vaters schuld war – jemanden, an dem sie sich rächen konnte! Allerdings brauchte sie nicht Jhi, um zu erkennen, dass dieser Jemand nicht Abeke war.

„Dann halte du Wache und ich gehe", entschied sie.

Sie rannte den ganzen Weg durch die schlafende Stadt und die enge Treppe hinauf. Draußen wehte ein kräftiger, kalter Wind, bei dessen Geheul sie nach der fast absoluten Stille der unterirdischen Stadt zusammenzuckte. Sie setzte ihre Kapuze auf und rannte in Richtung des Dorfs. Abeke konnte sich viel leiser bewegen, dachte sie. Bei ihr hätte keine Gefahr bestanden, dass sie die Ardu weckte.

Warum hatte Abeke also sie geschickt?

Hatte Abeke etwa selbst eine Methode, mit der sie durch das Eis schneiden oder es schmelzen konnte?

Meilin blieb stehen und drehte sich um. Aber das Dorf lag inzwischen näher als die Eisstadt. Also rannte sie weiter, so schnell sie konnte, obwohl ihre Lunge brannte und ihr Mund vor Angst wie ausgetrocknet war.

Hastig weckte sie Tarik, Conor, Maya und Rollan. „Los, schnell", flüsterte sie. „Nehmt eure Sachen mit. Leise! Wir haben Suka gefunden."

Die vier stellten keine Fragen, sondern zogen schweigend Stiefel und Mäntel an. Wenig später stapften sie durch den Schnee.

Meilin blickte zurück. Der kleine, spitze Kopf von Lumeo spähte aus Tariks Mantelkragen. Mayas Salamander hatte sich irgendwo im Warmen verkrochen. Briggan rannte neben Conor her, Essix war nirgends zu sehen.

Der Weg zum Eingang der Eisstadt zog sich endlos lang hin. Meilins Herz klopfte stärker.

War es falsch gewesen, Abeke zu vertrauen? Zweifel stiegen in ihr auf. Vielleicht hatte Abeke sie hereingelegt und sie unter Druck gesetzt, nur damit Meilin sie allein ließ. Vielleicht war Abeke bei ihrer Rückkehr verschwunden und mit ihr der Eisbär aus Kristall. Dann hätte Meilin noch schlimmer versagt als Conor, der den Eroberern einen Talisman gegeben hatte. Und die Rache für ihren Vater wäre in weite Ferne gerückt.

Sie rannte voraus und traf als Erste an der versteckten Treppe ein. Als sie sie hinunterstieg, hörte sie hinter sich die überraschten Laute der anderen.

Sie verließen den Tunnel und betraten die Stadt.

„Genau wie im Lied“, flüsterte Conor andächtig. „Eine von Künstlern geschaffene Stadt, aus Eis gehauen. Das ist sie.“

Meilin legte den Finger an die Lippen und zeigte auf das nächste Fenster, um den anderen zu verstehen zu geben, dass sie nicht allein waren. Rollan riss erschrocken die

Augen auf und Tarik blickte kurz in den Raum. Doch dann verschwendeten sie keine Zeit mehr damit, die Wunder der Stadt zu bestaunen, sondern folgten Meilin so schnell, wie sie es wagten. In die Wege aus Eis hatte man zwar die Umrisse von Pflastersteinen eingeritzt, damit man nicht so leicht ausrutschte, aber sie gingen immerhin über Eis und der Abgrund entlang des Wegs war so tief, dass sein Boden sich in gähnender Finsternis verlor.

Vorsichtig eilten sie durch die Schlucht. Was geschah, wenn die Bewohner der Stadt aufwachten und die Eindringlinge bemerkten?

Oder wenn Abeke – und mit ihr der Talisman – verschwunden war?

Meilin führte ihre Gefährten zum Eispalast und hörte hinter sich immer wieder bewundernde Ausrufe. Mit klopfendem Herzen betrat sie die Halle, in der Suka sich befand. Langsam ging sie um den Eisblock herum. Das Eis hatte nirgends ein Loch und der Kristallbär hing immer noch an Sukas gefrorener Tatze. Und Abeke stand auf der Treppe.

Sie lächelte Meilin zu und Meilin atmete erleichtert auf und lächelte zurück.

„Da", sagte Abeke und zeigte auf die linke Tatze. „Kannst du den herausholen, Maya?"

Conor und Rollan standen nur mit offenen Mündern da und blickten an dem gewaltigen Tier hinauf. Meilin verdrehte ungeduldig die Augen, obwohl sie beim ersten Anblick des Kolosses vermutlich ähnlich ausgesehen hatte.

Tarik fuhr mit den Händen über das Eis und ging um den Block, als wollte er ihn abmessen.

„Da kommen wir nicht rein, ohne …“

„Ohne die ganze Stadt zu wecken“, sprach Abeke den Satz zu Ende.

Tarik nickte. „Und mit der Gastfreundschaft der Ardu wäre es vermutlich vorbei, wenn sie merken, dass wir in Sukas kaltes Gefängnis einbrechen wollen.“

Die fünf Gefährten sahen einander an. Meilin hatte das Gefühl, dass sie alle das Gleiche dachten. In vielen Städten und Dörfern wohnten Menschen, die noch immer der Vergangenheit anhingen und wollten, dass alles beim Alten blieb. Wie die Bewohner von Samis. Aber Erdas veränderte sich und nichts konnte bleiben, wie es immer gewesen war – nicht in Zhong, nicht in Trunswick und nicht einmal in der Eiswüste von Arctica, nirgends. Die Hand des Schlingers reichte weit. Es tat Meilin leid, die Ardu zu hintergehen, aber sie wusste – wie auch Conor, Rollan und Abeke – dass niemand sicher war, solange der Schlinger sein Unwesen trieb. Sie glaubte fest an ihren Auftrag: Sie mussten sich rüsten und für den Kampf vorbereiten und sie mussten die Talismane schützen.

„Hier?“, fragte Maya und zeigte auf die Stelle im Eisblock, die dem Kristallbären am nächsten war.

Tarik nickte. „So gern ich Suka kennenlernen würde, so will ich doch keinen von euch einem Tier dieser Größe aussetzen."

„Seht euch diese Klauen an", flüsterte Rollan. „Sie sind so lang wie Buttermesser. Scharfe Buttermesser, nein, *Jagd*messer."

„Wenn wir den Talisman freikriegen, ohne Suka zu wecken …", begann Tarik.

„Seht nur die Zähne!", rief Conor vom oberen Ende der Treppe.

„Na, dann lege ich mal los", sagte Maya.

Sie stieg die Treppe halb hinauf und zog ihren rechten Fellhandschuh aus. Auf ihrer Handfläche bildete sich eine faustgroße Feuerkugel. Vor Meilins Augen drehte sich die gleißende gelbe Kugel pulsierend um die eigene Achse. Dann holte Maya tief Luft und blies auf den Feuerball. Ein dünner Flammenstrahl bohrte sich in das Eis. Ein Wasserrinnsal floss an dem Eisblock hinunter und bildete eine Lache auf dem vereisten Boden. Im Eis war ein etwa zwei Finger breites Loch entstanden.

„Noch etwa zwanzig Kugeln, dann haben wir es geschafft!", sagte Maya munter.

Sie hob erneut den Handteller.

Während sie an dem Loch arbeitete, gingen Conor und Rollan um den großen Eisblock herum und betrachteten Suka.

„Fass das Ding doch mal an“, flüsterte Rollan.

„Du zuerst“, flüsterte Conor zurück.

„Ich trage drei Tage lang dein Bündel, wenn du daran leckst.“

Conor schien ernsthaft über diesen Vorschlag nachzudenken.

„Jungs!“, murmelte Meilin.

Auf dem Boden um den Eisblock lagen Strickkleider, mit kunstvollen Schnitzereien bedeckte Walrosszähne und Ketten aus Elfenbeinperlen. Geschenke, welche die Ardu offenbar Suka dargebracht hatten.

Meilin ging durch den oberen Stock und suchte nach einem Ausgang ins Freie. Der Eispalast hatte unendlich viele Räume, darunter Ballsäle, Salons und Schlafzimmer – alle aus massivem Eis gehauen und mit Möbeln aus Eis eingerichtet. Meilin stellte sich vor, wie Suka diesen unterirdischen Ort vor langer Zeit mit Wasser geflutet hatte – womöglich mit Meerwasser – und dann untergetaucht war und sich hatte einfrieren lassen.

Vielleicht hatten die Ardu die eingefrorene Suka erst Jahre später bei der Erkundung der großen Schlucht gefunden. Um sie zu ehren, hatten sie den Palast und die ganze Stadt aus dem Eis geschlagen. Über die Jahre hatten sie dann jede Fläche in ein Kunstwerk verwandelt. Wie es wohl war, in unmittelbarer Nachbarschaft eines so gewaltigen und schrecklichen Wesens wie diesem Großen Tier zu leben?

Meilin fand keinen Ausgang, der zur Tundra hinaufführte. Sie sah sich gerade in einem Zimmer voller Statuen um – aus mächtigen Eisblöcken geschnitzte Tiere Arcticas –, da hörte sie Tarik rufen.

„Halt!"

Sie zuckte zusammen. Bis dahin hatten alle nur flüsternd gesprochen. Hastig machte sie kehrt.

Maya stand mit einer Feuerkugel auf der Hand vor dem Eisblock. Sie schüttelte die Hand, worauf das Feuer sich in Luft auflöste, und sah Tarik erschrocken an.

„Halt!", wiederholte Tarik leiser. „Das Eis bricht."

Um das Loch, das Maya ins Eis brannte, hatten sich kleine Risse gebildet, dünne weiße Linien, die sich strahlenförmig in alle Richtungen ausbreiteten. Doch jetzt sah Meilin, dass zwei größere Risse dazugekommen waren – Risse, die zwar langsam, aber doch stetig wuchsen. Meilin musste daran denken, wie sie einmal mit dem Daumen auf einen Riss in einer Fensterscheibe gedrückt hatte, um ihn zu vergrößern. Maya war einen Schritt zurückgetreten, als wartete sie darauf, dass die Risse gleich aufhören würden, zu wachsen, was aber nicht geschah.

Stattdessen wurden sie länger. Als drückte etwas von innen gegen das Eis.

Alle hielten die Luft an. Meilin stand im zweiten Stock und konnte Suka in die Augen sehen. Deshalb bemerkte sie es auch sofort, als Suka ihren Blick plötzlich erwiderte.

Erschrocken trat sie einen Schritt zurück.

„Suka …“, fing sie an.

„Nicht …“, sagte Tarik.

Maya ließ die Hände sinken und wich ebenfalls zurück. Nur Rollan trat näher.

„Suka“, sagte er leise.

Zuerst erzitterte alles, dann brach das Eis mit einem hohen, durchdringenden Laut, der klang wie der Schrei eines Turmfalken. Und dann explodierte es. Der gesamte Block zersprang und Eisbrocken und Splitter flogen in alle Richtungen. Alle rannten geduckt weg und hielten sich schützend die Hände über den Kopf.

Die riesige Eisbärin hob die Pfoten und brüllte.

Suka

Rollan hätte sich fast in die Hose gemacht.

Er wusste, dass Suka groß war, aber in ihrem Eisblock hatte sie irgendwie zahm gewirkt.

Jetzt war sie aufgewacht. Wenn sie sich bewegte, wirkte sie bedrohlicher als ein Pulk von Rabauken auf der Suche nach einer Schlägerei, bedrohlicher als ein kampflustiger Großer Widder oder eine Armee von Eroberern.

Als wäre sie der Tod höchstpersönlich.

Aus ihrem Blick sprach keine Intelligenz, nur die dumpfe Brutalität eines in der Falle sitzenden Raubtiers. Mit einem Ruck sprengte sie das restliche Eis.

Ihr Gebrüll weckte die Einwohner der Eisstadt.

„Halt, Suka!", rief Rollan.

Suka schwankte und stieß gegen einen Pfeiler. Der Eispalast begann einzustürzen.

„Alle raus!“, schrie Tarik. „Wir müssen nach oben!“

Das Große Tier brüllte und schlug mit seinen gewaltigen Tatzen um sich. Weitere Pfeiler knickten ein, die Decke bekam Sprünge und Eisbrocken fielen herunter. Schon der kleinste davon hätte Rollan bewusstlos geschlagen. Sie mussten den Eispalast so schnell wie möglich verlassen! Allerdings wusste Rollan auch, dass Suka ihnen folgen und dabei die ganze Eisstadt zerstören würde, wenn sie auf dem Weg flohen, den sie gekommen waren. Die vielen Menschen würden vom Eis begraben werden oder in die Schlucht hinunterstürzen. Nein, es musste einen anderen Ausgang geben.

Über ihnen. Suka hatte den Eispalast bereits so stark zerstört, dass ein Loch in der Decke entstanden war. Rollan blickte nach oben und sah den Sternenhimmel. Unter der Öffnung lag ein Haufen herabgestürzter Eisbrocken. Wenn sie daran hinaufkletterten, konnten sie vielleicht durch das Loch entkommen.

Auch Tarik hatte den Fluchtweg gesehen. „Da rauf!“, brüllte er.

Ein Pfeiler stürzte um und drohte ihn unter sich zu begraben. Im letzten Moment wich er ihm aus, und zwar mit einer Drehung zur Seite, die so schnell war, dass Rollans Augen ihm kaum folgen konnten.

Meilin und Abeke, die auf dem Treppenabsatz gestanden hatten, kletterten bereits über die Eistrümmer zu dem

Loch in der Decke hinauf. Abeke sprang neben Uraza erstaunlich gewandt von Eisblock zu Eisblock und Meilin hatte wohl den Granitwidder bei sich, denn sie vollführte noch größere Sprünge und überholte sogar Abeke. Als Meilin am Rand des Lochs angekommen war, hielt sie an und ließ den Talisman zu Maya hinunterfallen, die ihn auffing und ebenfalls den Trümmerhaufen hinaufsprang.

Conor dagegen saß in der Falle. Suka stand zwischen ihm und dem Weg nach draußen. Rollan hoffte für einen kurzen Moment, dass Suka Briggan als Großes Tier erkennen würde, doch aus Sukas Blick sprach nur eine animalische Wut. Sie schlug nach Conor, der sich duckte und losrannte. Er lief so schnell wie Briggan, wie ein vom Wind getriebenes Blatt. Mit knapper Not entging er den Krallen der Eisbärin und begann den Trümmerhaufen hinaufzulaufen.

Alle waren auf dem Weg nach draußen, alle mit Ausnahme von Rollan. So leise wie möglich kletterte er über einige Trümmer, bemüht, die Bärin nicht auf sich aufmerksam zu machen. Doch vergeblich.

Suka drehte sich zu ihm um, schnüffelte und brummte.

„Essix!“, schrie Rollan. „Essix, bitte!“

Er wusste allerdings nicht, wie der Falke ihm helfen sollte, er wusste nicht einmal, wo Essix steckte.

Suka schlug mit der Tatze nach ihm und das Eis, auf dem er stand, bekam Risse.

Tarik, der den Trümmerhaufen bereits zur Hälfte hinaufgestiegen war, blieb stehen und zog Dineshs Schieferelefanten aus dem Bündel um seinen Hals. Er hob den Arm, um ihn Rollan zuzuwerfen, aber er war zu weit von ihm entfernt. Und Werfen gehörte nicht zu den Fähigkeiten, die Tariks Otter ihm verlieh.

Rollan war klar, dass Sukas nächster Hieb ihn erledigen würde. Entweder sie zielte gut und zerschmetterte ihn oder sie zertrümmerte den Boden vollends und er stürzte in die Tiefe.

„Essix!", brüllte er wieder.

Der Falke schrie.

Essix flog durch das Loch in der Decke des einstürzenden Palasts und zu Tarik hinunter. Mit den Krallen packte sie die goldene Kette, an der der Schieferelefant baumelte, und flog weiter. Klobig hing der graue Talisman an ihrem zierlichen Körper. Essix kreischte wieder und Suka blickte zu ihr auf und schlug mit der Tatze durch die Luft. Essix wich ihr geschickt aus, flog zu Rollan und ließ den Schieferelefanten fallen. Rollan fing ihn auf.

Der Boden unter Rollan bebte und er rutschte mit einem Bein in eine Spalte. Hastig öffnete er den Kragen seines Mantels und schob den Talisman hinein, bis er die Haut berührte.

Ein Blitz zuckte und Essix war auf einmal so groß wie ein Wolf.

Sie schrie jetzt so laut, dass sie das Eis zum Splittern brachte. Suka hielt sich mit den Tatzen die Ohren zu und brüllte.

Essix flog tiefer und Rollan hob die Hände. Die Spalte unter ihm wurde breiter und er begann abzurutschen. Doch im nächsten Moment wurde er schon wieder nach oben gerissen. Essix hatte seinen Mantel an den Ärmeln gepackt, peitschte mit ihren Riesenschwingen durch die Luft und zog ihn in die Höhe.

Suka schlug nach Essix, streifte aber nur einen Flügel. Essix geriet für einen Moment in Schieflage, fing sich und stieg wieder auf. Sie passten gerade noch durch das Loch in der Decke. Draußen windete und schneite es und der erste gelbe Schein der Morgendämmerung kroch von Osten her über den blauen Nachthimmel.

„Geschafft! Danke, Essix!", rief Rollan.

Essix kreischte.

„Au! Nicht so laut."

Er war dem unterirdischen Albtraum entronnen, aber noch nicht in Sicherheit. Dasselbe galt für seine Gefährten. Unter ihnen ertönte lautes Brummen und Knirschen. Suka zerstörte den Palast. Die Risse im Eis wurden größer und der Boden begann einzusinken. Tarik, Maya und Conor, welche dem Loch am nächsten standen, rannten weg, während die Risse ihnen hinterherwuchsen, als wollten sie sie einfangen. Um sie erstreckte sich kilometerweit die flache arcticanische Tundra, auf der man sich nirgends verstecken konnte. Suka würde sich aus den Trümmern des Palasts befreien, die Verfolgung aufnehmen und die Gefährten mühelos einholen.

„Rollan, gib den Elefanten Conor oder mir“, rief Abeke von der anderen Seite des Lochs. „Nur Uraza oder Briggan haben gegen Suka eine Chance.“

„Soll das ein Witz sein?“, rief Rollan, der immer noch an Essix hing. „Gegen Suka hat niemand eine Chance!“

Genau in diesem Moment tauchte Suka aus den Trümmern auf. Zuerst war von ihr nur die obere Hälfte zu sehen, dann zwängte sie sich mit Gewalt vollends durch das Loch. Auf allen vieren rannte sie auf Rollan zu.

Essix stieg wieder auf, während Suka sich auf die Hinterbeine stellte und die Tatzen hob. Essix flog höher und höher, doch Rollan wusste nicht, ob sie schnell genug waren. Sukas Arme schienen bis zum Mond zu reichen und ihre Krallen verfehlten seine Füße nur um Zentimeter.

Flügelschlagend stieg Essix mit Rollan noch höher hinauf und Suka landete wieder mit allen vieren auf dem Eis. Wütend sah sie sich um.

„Flieg zu Meilin!“, rief Rollan Essix zu. „Wir brauchen Jhi. Wenn Meilin den Schieferelefanten hat, ist Jhi so groß, dass Suka sie nicht ignorieren kann.“

Er konnte Meilin allerdings nirgends entdecken. Abeke schien inzwischen den Granitwidder zu haben, denn sie sprang mit einem gewaltigen Satz über eine Spalte, viel weiter, als sie unter normalen Umständen hätte springen können, selbst mit Uraza als Verstärkung.

Rollan taten die Arme weh, weil er schon so lange an Essix hing. Und dann fiel er plötzlich hinunter. Essix hatte ihn losgelassen! Er wollte schreien …

Da hatte Essix ihn schon wieder gepackt, diesmal an den Schultern. Sie hatte ihn nur kurz losgelassen, um ihn anders zu halten. Jetzt hing er bequemer.

„Danke, Essix", sagte er zittrig. „Freut mich, dass du mich nicht so einfach fallen lässt."

Suka brüllte wieder und hob eine Tatze, um nach Maya zu schlagen. Maya zog rasch ihren Handschuh aus, zauberte eine Flammenkugel und blies. Eine Flammenwand wuchs vor ihr in die Höhe und versperrte Suka den Weg. Die Bärin bäumte sich auf und hielt sich schützend die Tatze vor die Augen. Das Feuer erlosch in der eisigen Kälte allerdings rasch wieder. Es fand keine Nahrung, weder Holz noch Gras, und konnte die Gefährten deshalb nicht dauerhaft schützen. Suka wollte erneut angreifen und Maya antwortete mit einer zweiten Flammenwand. Doch diesmal fuhr Suka mit den Krallen über den Boden und ließ Eisklumpen durch das Feuer fliegen. Einer davon traf Maya am Bein. Sie schrie und stürzte. Tarik hob sie hoch und trug sie im Laufschritt weg.

Verwirrt sah Suka sich nach einem neuen Opfer um.

Conor war allein. Er rannte vor den immer länger werdenden Spalten im Boden davon. Suka setzte sich in Bewegung und folgte ihm.

„Abeke!“, schrie Rollan. „Spring zu Conor! Bring ihn von hier weg!“

Abeke setzte zum Sprung an, hielt dann aber inne. Zwischen ihr und Conor klaffte eine breite Spalte, die sie selbst mit der Kraft des Granitwidders nicht bewältigen konnte.

„Setz mich ab, Essix“, sagte Rollan. Wenn Essix ihn nicht halten musste, konnte vielleicht *sie* Conor retten.

Essix begann tiefer zu fliegen, doch Conor drohte bereits in die Spalte zu rutschen und Suka hatte ihn schon fast eingeholt. Also hielt Essix Rollan weiter fest. Sie schien erkannt zu haben, dass sie nicht rechtzeitig bei Conor ankommen würde.

Abeke zog einen Pfeil aus dem Köcher, band den Talisman daran fest und zielte unter Einberechnung des zusätzlichen Gewichts ein wenig höher. Dann schoss sie.

Der Pfeil bohrte sich neben Conors Kopf in das Eis. Conor schnappte sich den Talisman. Im selben Augenblick öffnete sich der Boden unter ihm und er drückte sich ab.

Sein Sprung trug ihn zur Hälfte über die klaffende Spalte, aber nicht weit genug. Da löste sich ein gewaltiger Eisbrocken. Conor drückte sich rasch mit dem Fuß davon ab und flog mit kreisenden Armen weiter und auf den Rand der Spalte zu. Er streckte die Hand aus, um sich daran festzuhalten. Es reichte nicht ganz, aber Abeke erwartete ihn, packte ihn am Handgelenk und zog ihn zu sich hinauf.

Suka stützte sich auf drei Tatzen, die vierte hielt sie an die Brust gedrückt, um ihren Talisman zu schützen. Dann setzte sie sich in Bewegung. Sie wollte anscheinend um die Spalte herumlaufen, um Abeke und Conor erneut anzugreifen.

Abeke attackierte sie mit Pfeilen, doch Suka schlug sie mit der Tatze zur Seite. Einige blieben in ihrem dicken Fell hängen und drangen nicht einmal bis zur Haut durch. Die Bärin schüttelte sich und die Pfeile fielen klappernd auf das Eis. Brüllend schlug sie mit den Tatzen auf den Boden. Ein neuer Spalt tat sich auf und wanderte auf Abeke zu. Conor fasste sie an der Hand und die beiden sprangen. Im selben Moment riss das Eis unter ihren Füßen auseinander und Eisklumpen fielen in einen neuen Abgrund.

„Suka, halt!", schrie Rollan. „Bitte! Essix, sag ihr, sie soll aufhören!"

Am anderen Ende der großen Schlucht hatten sich einige Gestalten versammelt. Er kniff die Augen zusammen, um sie besser erkennen zu können.

„Danke, Essix", murmelte er.

Immer mehr Menschen tauchten aus dem versteckten Treppenschacht am anderen Ende der Schlucht auf, den die Gefährten auf dem Weg in die unterirdische Stadt genommen hatten. Die Menschen waren wohl überstürzt aus der Eisstadt geflohen und hatten nicht einmal Zeit gehabt, etwas anzuziehen. Stattdessen hatten sie sich in Decken gewickelt. Einige waren barfuß. Außerdem sah er viele Tiere, darunter Schneefüchse, Eulen, Möwen, Karibus und Seehunde – Seelentiere, mit deren Hilfe die Menschen der Kälte vermutlich besser widerstehen konnten. Stumm standen sie da und sahen den Kindern zu, kamen aber nicht näher, um ihnen zu helfen. Sie wollten nicht gegen Suka kämpfen. Vielleicht, weil es aussichtslos war?

Er sah Meilin in die Richtung der Ardu rennen.

„Essix, dort!", rief er und streckte die Hand aus.

Der Falke flog los, so tief und schnell, dass Rollan nicht wusste, wie ihm geschah. Seine Lippen wurden von der eisigen Luft ganz taub.

Essix überholte Meilin und setzte Rollan ab. Rollan landete mit den Füßen voraus auf dem Eis, verlor dann aber das Gleichgewicht und stürzte. Sofort sprang er wieder auf.

„Die Leute aus der Stadt müssen uns helfen", rief Meilin, ohne anzuhalten. Rollan rannte ebenfalls los, um zu ihr aufzuschließen. „Sie haben Seelentiere, die auch kämpfen können ..."

„Sie werden nicht gegen Suka kämpfen", sagte Rollan. „Sie haben einen Palast für sie erbaut. Wir brauchen Jhi!"

„Wie bitte?" Meilin hielt an. „Jhi kann nicht gegen Suka kämpfen."

„Natürlich nicht, das kann niemand, nicht einmal eine ganze Armee", sagte Rollan. „Aber Jhi kann vielleicht mit Suka reden und sie beruhigen."

„Jhi ist nur ein Pandabär!", rief Meilin empört.

„Aber immerhin ein Bär! Komm, wir müssen es einfach versuchen!"

Er zog den Schieferelefanten aus seinem Mantel und Essix, die über ihm kreiste, schrumpfte mit einem gedämpften Schrei wieder auf ihre normale Größe.

Meilins Augen sprühten Funken und sie wollte gerade zu einer heftigen Erwiderung ansetzen, da hörten sie Suka erneut brüllen und Abeke und Conor schreien.

„Also gut!", sagte Meilin.

Sie riss den Kragen ihres Mantels auf und schob den Elefanten unter die vielen Kleiderschichten, bis er ihre Haut berührte. Dann zog sie den Ärmel ihres Mantels hoch. Ein Blitz zuckte, ein Schatten sprang durch die Luft und schon stand Jhi vor ihnen. Sie war allerdings nicht mehr so klein wie ein normaler Pandabär, sondern so groß wie vermutlich zu ihrer besten Zeit als Großes Tier, nämlich riesig – fast halb so groß wie Suka!

Sie sah Meilin an, schlug verunsichert nach einer Schneeflocke und begann vor Kälte zu zittern. Suka brüllte und Jhi drehte ganz langsam den Kopf in ihre Richtung. Sie schien zu überlegen. Dann sah sie wieder Meilin an.

„Suka ist aufgewacht und wütend", erklärte Meilin leise.

„Sie redet nicht mit uns, sondern will uns … töten. Wenn du etwas tun kannst …"

Jhi betrachtete Suka erneut. Beide Bärinnen waren Riesen. Doch die eine war noch größer als die andere, hatte klauenbesetzte Tatzen so groß wie Felsen und ein mit Zähnen besetztes Maul wie eine klaffende Höhle. Die andere war kleiner und langsamer, hatte Tatzen, die zum Klettern geschaffen waren, Zähne, die an Bambusschösslingen knabbern wollten, und Schultern, die in der arcticanischen Kälte zitterten.

Jhi zog schnaufend Luft durch die Nase und setzte sich gemächlich in Bewegung.

Meilin packte Rollan am Ärmel. „Sie kann doch nicht gegen Suka kämpfen. Suka wird sie töten. Ich will aber nicht …" Ihre Stimme brach und sie holte zitternd Luft. „Sie soll nicht sterben. Niemand soll sterben."

Rollan nickte und nahm ihre behandschuhte Hand.

„Aber wir dürfen nichts unversucht lassen", flüsterte er.

Meilin holte noch einmal unsicher Luft und sah ihn kurz an. Sie schien sich ein wenig zu beruhigen.

„Also gut."

Rollan nickte und lächelte, um ihr zu verstehen zu geben, dass alles gut werden würde.

Einander an den Händen haltend, eilten sie hinter Jhi her, Suka und einem aussichtslosen Kampf entgegen.

Der Talisman

Meilin rannte. Sie war sich bewusst, dass Rollan ihre Hand hielt, aber die dicken Schichten ihrer Handschuhe aus Karibufell ließen die Berührung unverfänglich erscheinen. Und zugleich tröstlich. Er versuchte nicht, sie festzuhalten, sie versuchte nicht, ihn mitzuziehen. Sie taten nur dasselbe zur selben Zeit, sie stellten sich gemeinsam der Gefahr.

Sie war für seine Nähe dankbar, denn vor ihnen trottete ein vierhundert Kilo schwerer Pandabär auf das schrecklichste Ungeheuer zu, dass sie je gesehen hatte. Sie kannte das Gefühl gar nicht, dass sie jetzt hatte, die eisige Kälte, die sich in ihr ausbreitete, und die zittrigen Beine, die sie kaum tragen wollten. Noch nie hatte sie eine solch besinnungslose Angst gehabt.

Der Tod meines Vaters hat mich geschwächt, dachte sie benommen.

Vor der Schlacht am See des Elefanten war sie nie wirklich mit dem Tod in Berührung gekommen. Doch jetzt fühlte sich alles anders an. Jetzt konnten auf einmal alle sterben. Sie selbst, Rollan, Tarik und sogar Jhi. Jhi war schon einmal gestorben und dasselbe konnte wieder passieren. Meilin erschauerte. Die Vorstellung war ihr unerträglich.

Jhi war inzwischen fast bei Suka angekommen. Die Eisbärin hatte sich auf die Hinterbeine aufgerichtet, hob den Kopf zum heller werdenden Himmel und brüllte. Meilin konnte ihr auf einmal die Verwirrung und den Schmerz nachfühlen. Ihre eigenen Arme fühlten sich bleischwer an, wie damals in Zhong, als sie den Leichnam ihres Vaters festgehalten hatte. Sie war außer sich gewesen vor Zorn und Empörung. Am liebsten hätte sie damals wild um sich geschlagen, sich auf jeden gestürzt, der ihr zu nahe kam.

„Vorsicht, Jhi!", rief sie. „Suka ist zu allem fähig!"

Suka ließ sich wieder auf die Vorderbeine fallen. Ihre rechte Vordertatze schlug krachend auf das Eis, die linke hielt sie an die Brust gedrückt, um den Talisman zu verbergen. Sie riss das Maul auf und zeigte ihre Zähne, die so lang waren wie Meilins Beine.

Doch Jhi blieb nicht stehen. Seelenruhig ging sie um einige Eistrümmer herum und hielt vor Suka an. Sie war riesig und die schwarze Zeichnung ihres Fells hob sich deutlich von dem weißen Untergrund ab. Suka starrte sie wie gebannt an und brummte böse. Jhi streckte den Hals, als wollte sie Sukas Nase berühren.

Suka lehnte sich zurück und hob eine Tatze. Meilin hielt den Atem an. Die Tatze konnte mit einem Hieb Jhis Leben beenden. Doch Jhi duckte sich nicht und wich auch nicht zurück. Sie blickte nur ruhig in die schwarzen Augen ihres gefährlichen Gegenübers.

Sie ist so tapfer, dachte Meilin. Sie kennt keine Furcht.

Jhi stellte sich ebenfalls auf die Hinterbeine. Suka schien verunsichert und gleichzeitig fasziniert vom Anblick der gewaltigen Pandabärin mit dem mächtigen weißen Rumpf, den schwarzen Beinen und den silbernen Augen, in denen sich die aufgehende Sonne spiegelte. Dann streckte auch sie den Hals. Sie atmete heftig, fast als hätte sie Angst, dennoch ließ sie es zu, dass Jhi ihre Nase berührte.

Meilin merkte, dass sich Sukas Atem beruhigte. Sie senkte die Tatze, ohne zuzuschlagen und Jhi legte ihr ihre schwarze Pfote auf die Brust.

Da ließ sich die Eisbärin auf den Boden fallen und Jhi folgte ihrem Beispiel. Die beiden schmiegten ihre Hälse aneinander. Meilin überlegte, ob sich diese Berührung durch das dicke Fell wohl so anfühlte wie Rollans Hand in dem dicken Handschuh. Dabei bemerkte sie, dass sie Rollans Hand noch hielt. Rasch ließ sie sie los, denn es war ihr auf einmal peinlich.

Den Blick hielt sie unverwandt auf die beiden Bärinnen

gerichtet. Jhi und Suka lehnten aneinander und Suka hatte die Augen geschlossen. Meilin kannte das starke Gefühl der Ruhe, das Jhi ausstrahlte. Sie hatte sich oft dagegen gewehrt, weil sie lieber wütend sein wollte. Mit angehaltenem Atem wartete sie darauf, dass Suka ähnlich reagieren und den Panda angreifen würde.

Aber als Suka die Augen wieder öffnete, war alle Wildheit daraus gewichen. Suka betrachtete zuerst Jhi, dann den Eisbären aus Kristall, der immer noch an ihrer linken Tatze hing, und zuletzt die Menschen, die sie ängstlich anstarrten.

„Jhi!", sagte sie. Ihre Stimme erinnerte Meilin an ein tiefes Brummen, an das Fauchen des Windes und an tausendjähriges Eis, das im Begriff stand zu brechen. Es war ein wildes Geräusch, so tief, dass es einem durch Mark und Bein ging, so einsam wie ein Berg aus Eis inmitten der Tundra und zugleich so sanft wie eine fallende Schneeflocke.

„Ach, Jhi", sagte Suka, „was ist mit Erdas passiert?"

Jhi setzte sich auf die Hinterbeine und blinzelte. Suka rieb die Nase an ihrem Hals, atmete den Geruch tief ein und setzte sich ebenfalls.

„Du bist zurückgekehrt", sagte sie. „Aber du hast dich verändert."

Jhi drehte ihren großen Kopf und sah Meilin an, und Meilin verstand, was sie von ihr wollte. Sie zog den Schieferelefanten aus dem Mantel und zeigte ihn Suka. Jhi flimmerte und schrumpfte auf ihre normale Größe, als wären ihre kolossalen Proportionen nur eine optische Täuschung gewesen.

„Ah, Dinesh", sagte Suka. „Ich verstehe." Sie rieb sich mit der Tatze die Augen, als ob das Sehen ihr Schmerzen bereitete.

Rollan ging auf sie zu. Meilin, die ihm an Mut in nichts nachstehen wollte, folgte ihm hastig. Neben Jhi blieb sie stehen und griff mit der Hand in das Fell in ihrem Nacken. Sie spürte, wie sie vor Kälte zitterte, wusste aber instinktiv, dass sie noch nicht in den Ruhezustand versetzt werden wollte.

„Wie lange habe ich geschlafen?", fragte Suka.

„So lange, dass die Ardu dich gefunden und um dich einen ganzen Palast aus dem Eis gehauen haben", sagte Meilin.

„Und außerdem noch eine Stadt", fügte Rollan hinzu.

Suka blickte zu den Ardu hinüber, die sich am anderen Ende der großen Schlucht versammelt hatten. „Die Ardu waren immer mein Volk. Hoffentlich sind sie durch mich nicht zu Schaden gekommen. Ich … bin noch vom langen Schlafen benommen. Mein Verstand braucht zum Aufwachen offenbar länger." Sie sah Jhi an. „Vielleicht wäre er überhaupt nicht mehr aufgewacht. Aber du warst immer die Heilerin. Wenn ein Heiler in den Krieg zieht, ist das ein Weckruf an alle. Auch ich hätte ihn hören sollen."

Ihr Blick wurde abwesend, als sähe sie etwas in großer Ferne, was niemand sonst sehen konnte. Sie holte tief Luft. „Die Welt ist nicht mehr, was sie war. Ich glaube, nicht einmal du kannst sie heilen."

Jhi blickte Suka nur stumm an.

Meilin drehte sich nach Tarik und Maya um, entdeckte die beiden aber nirgends. Vielleicht war Tarik mit Maya so weit weggelaufen, dass er die Zähmung Sukas gar nicht mitbekommen hatte.

„Wie du siehst, sind die Vier Gefallenen zurückgekehrt, Suka", sagte Meilin.

Conor und Abeke waren mit Briggan und Uraza näher gekommen, Essix landete auf Rollans Schulter.

Suka brummte und Meilin erschrak und machte sich schon auf den nächsten Angriff gefasst. Dann begriff sie erst, dass Suka gelacht hatte.

„Der Tod der Vier hat damals dazu beigetragen, dass ich mich im Eis eingefroren habe", sagte Suka. „In meinem Alter sollte man eigentlich klüger sein, aber ich war sehr dumm."

„Du hast dich versteckt, weil du Angst hattest?", fragte Meilin.

Suka wandte sich ihr zu. Durch das leicht geöffnete Maul waren ihre langen, gelben Zähne zu sehen. Meilins Herz begann zu pochen. Vor was sollte ein solches Tier Angst haben? Selbst wenn Suka ganz ruhig war, wirkte sie noch bedrohlich.

Rollan spürte offenbar, wie sie erschauerte, jedenfalls lehnte er sich zu ihr und flüsterte: „Das nächste Mal würde ich gern ein ganz liebes, kuscheliges Großes Tier kennenlernen. Vielleicht einen Riesenhasen."

„Ja, in gewisser Weise hatte ich Angst", sagte Suka. „Der Tod der Vier erinnerte uns alle daran, dass nicht einmal die Großen Tiere ganz unsterblich sind. Ich wollte mein Leben verlängern, indem ich mich einfror. Aber vor allem …" Sie hob die Tatze, betrachtete ihren Talisman und drückte ihn wieder an die Brust. „… vor allem wollte ich verhindern, dass mein Talisman in falsche Hände geriet."

Sie verlagerte ihr Gewicht und Jhi drückte sich an ihr riesiges Bein. Suka hob den Kopf und Meilin sah an der weißen Atemwolke, dass sie ganz langsam ausatmete. Jhis Anwesenheit schien Suka zu beruhigen und ermutigte sie dazu weiterzusprechen.

„Ich hätte an deiner Seite kämpfen sollen, Jhi", fuhr sie mit ihrer grollenden Stimme fort. „Und mit euch, Briggan, Uraza und Essix. Ihr hättet meine Kraft gut gebrauchen können!" Sie schlug mit der Tatze auf das Eis, das wieder Risse bekam. „Auch die Reue trieb mich in das Eis. Wir Großen Tiere sollen auf der Welt nach dem Rechten sehen, hängen aber auch an unserem Leben. Wir bilden uns ein, stärker zu sein als jeder von Menschen angestiftete Mob, und das hat uns blind gemacht. Vor allem mich. Bevor ich mich einfror, müsst ihr wissen, kam Halawir der Adler zu mir und wollte meinen Talisman *ausleihen!* Ich erteilte ihm eine Abfuhr – als er ging, hatte er einige Schwanzfedern weniger."

Suka lachte und es klang wie eine Lawine. Doch ihre Miene wurde sofort wieder traurig.

„Ich fragte mich natürlich, was er mit dem Talisman vorhatte. Ich stellte mir vor, was wäre, wenn ein zweiter Schlinger kommen und den Krieg fortsetzen würde, einer, der alle Talismane in seinen Besitz gebracht hätte. Entsprechend wurde ich immer misstrauischer. Ich beschloss, mich aus der Welt an einen Ort zurückzuziehen, an dem ich weiterleben konnte, ohne dass mein Talisman dem Schlinger und seinen Eroberern in die Hände fiel. Aber es war vergebens, stimmt's, Jhi?"

Jhi hob den Kopf, blinzelte und nickte.

„Ihr seid auch hinter meinem Talisman her, ja? Ihr wollt wie Halawir auch meine Macht."

Jhi sah Meilin an und Meilin holte tief Luft. „Wir wollen nicht Macht, Suka", sagte sie, „sondern Sicherheit. Sicherheit für ganz Erdas."

Für einen Moment kehrte Stille ein. Zu hören waren nur Sukas langsamer Atem und das leise Ächzen des sich setzenden Eises.

Rollan räusperte sich. „Wie du gesehen hast, hat Dinesh uns seinen Schieferelefanten überlassen. Arax wollte uns den Granitwidder nicht geben, aber die Eroberer waren auch hinter ihm her und wir sind ihnen zuvorgekommen. Den Eisernen Eber konnten sie uns leider abnehmen."

Suka schnaubte zornig und der Luftzug wehte Meilin die Kapuze vom Kopf.

„Bitte, Suka", sagte Meilin, „ich glaube, es ist sinnlos, sich weiter zu verstecken. Zhong ist bereits gefallen. Wir müssen uns alle entscheiden, auf welcher Seite wir stehen wollen. Ich habe mich für die Grünmäntel entschieden, für einen Kampf für ..." Sie sah Jhi an. „Für den Frieden." Das Wort klang seltsam melodramatisch, wie ein Kinderwunsch. Doch zugleich glaubte sie fest daran, dass Frieden das Einzige war, für das zu kämpfen sich lohnte.

„Wenn die Guten deinen Talisman nicht bekommen, kriegen die Schlechten ihn", fügte Rollan hinzu.

Suka starrte ihn an. Meilin merkte, wie er kurz zusammenzuckte, doch dann straffte er sich und erwiderte ihren Blick unerschrocken.

Suka schnaubte wieder und diesmal fuhr ihr Atem durch das Fell an Rollans Kapuze.

„Vielleicht steht Erdas am Beginn eines neuen Zeitalters", sagte die Bärin. „Vielleicht sind ja die Menschen inzwischen so weise, dass sie auf Erdas nach dem Rechten sehen können."

Sie hob die Tatze und zerriss die Schnur, an der der Eisbär aus Kristall hing. Mit der anderen Tatze fing sie den Talisman auf und gab ihn Rollan.

Rollan hob die Hände, streckte sie über Sukas riesige Tatze und nahm den Talisman. Meilin sah, dass er zitterte.

„Danke", sagte Rollan heiser.

Suka stand auf. „Ich gehe jetzt. Es ist eine Ewigkeit her, dass ich etwas gefressen habe."

„Ich hätte da noch einen Kuchen aus Seehundfett", hörte Meilin Conor sagen, allerdings so leise, dass man ihn kaum verstand.

„Und ich muss nachdenken", sagte Suka. „Alles ändert sich. Wir haben Krieg und es wird eine Entscheidungsschlacht geben. Täuscht euch nicht, ihr Kinder. Es ist, wie ihr sagt, niemand kann sich verstecken."

Sie bückte sich und berührte mit ihrer Nase wieder die von Jhi. Jhi war jetzt nicht einmal mehr so groß wie der Kopf der Eisbärin. Meilin musste an die Pandabärenpuppe denken, die sie als Kind gehabt hatte. Damals war sie eine andere Meilin gewesen, in einem anderen Leben. Die Erinnerung an ihr warmes Bett und das Kuscheltier erfüllte sie auf einmal mit tiefer Wehmut.

Suka ließ sich auf die Vordertatzen fallen und begann ohne weitere Vorwarnung donnernd über das Eis zu laufen, in Richtung Norden. Sie lief so schnell, dass sie schon nach wenigen Momenten nicht mehr zu sehen war.

„Jetzt haben wir drei Talismane“, sagte Rollan leise und betrachtete den Eisbären aus Kristall.

„Gut gemacht“, sagte Tarik.

Meilin drehte sich zu ihm um. Sie hatte ihn gar nicht kommen hören. Er trug Maya, deren Gesicht schmerzverzerrt war. Am Bein hatte sie einen Verband.

„Jhi?“, fragte Meilin.

Tarik bettete Maya auf den Boden und Jhi trottete zu ihr hin. Behutsam schob sie ihr Hosenbein hoch und Maya zuckte zusammen. Auf der hellen Haut der Wade bildeten sich bereits die ersten roten und violetten Flecken. Den Schmerzen nach zu schließen, die Maya litt, war der Knochen gebrochen.

Jhi schnupperte daran, dann leckte sie an der Wade wie eine Katze an ihren Jungen. Maya biss die Zähne zusammen und streckte das Bein.

„Wahrscheinlich sollte man es trotzdem schienen“, sagte Meilin. „Ich weiß nicht, ob Jhis Kraft ausreicht, einen gebrochenen Knochen zu heilen, aber vielleicht kann ihre Berührung dazu beitragen, dass er schneller zusammenwächst.“

„Zu was ist der eigentlich gut?“, fragte Abeke und zeigte auf den Talisman, den Rollan in den Händen hielt.

„Finden wir es doch heraus“, sagte Rollan. Er überlegte kurz, dann hielt er ihn Meilin hin. Sie sah ihn überrascht an.

„Na, nimm schon“, sagte er.

„Aber Suka hat ihn dir gegeben“, sagte Meilin. „Das bedeutet etwas.“

„Sie hat ihn *uns* gegeben“, erwiderte Rollan. „Und du bist ein Teil von *uns*.“

Natürlich hatte er mit „uns“ sie alle gemeint, die ganze Gruppe. Aber Meilin hörte nur „du und ich“, Rollan und Meilin. Ihr Herz begann zu klopfen.

Rollan warf ihr den Talisman zu und sie fing ihn auf.

In Zhong hatten die Jungs ihr manchmal Blumen geschenkt. Für die Öffentlichkeit war sie die Tochter des Generals gewesen – hübsch, reich und ansonsten harmlos. Sie hatte die Blumen immer mit einer Verbeugung entgegengenommen. Aber insgeheim hatte sie die Jungs mit ihren glatten Gesichtern verachtet, die ihr nur Geschenke machten, weil ihre Eltern es ihnen aufgetragen hatten.

Hier dagegen, mitten im eisigen Arctica, gab ihr Rollan, ein Straßenkind und Waise, zwar keine Blumen, dafür aber einen sehr mächtigen Talisman. Dabei war sie nicht mehr die Tochter eines mächtigen Generals, sondern nur noch Meilin.

Sie verbeugte sich vor ihm, wie sie sich vor den Jungen mit den Blumensträußen verbeugt hatte, und steckte den Talisman ein. Kalt lag der Kristall auf ihrer Haut.

Sie hatte plötzlich den Eindruck, größer und stärker zu

sein und ihre Arme fühlten sich anders an. Als sie die Hand hob, ging Abeke wie von einem Windstoß getroffen zu Boden.

„Wahnsinn", rief Meilin. „Haltet lieber Abstand zu mir."

Die anderen wichen einen Schritt zurück. Meilin stieß mit der Faust in die Luft und war begeistert von der Kraft, die sie spürte. Ihr war, als steckten ihre Arme in riesigen Boxhandschuhen aus Wind. Ihre Reichweite war unendlich groß, die Wucht ihrer Schläge furchtbar. Sie lachte.

„Auf engem Raum ist das ziemlich gefährlich", sagte sie. „Aber mit diesem Talisman könnte ich wohl auch einen Eroberer vom Pferd holen."

„Oder eine Pastete von einem Fenstersims im zweiten Stock", fügte Rollan hinzu. „Nicht dass ich so was tun würde, jetzt, wo ich anständig geworden bin."

Meilin lächelte, streckte den Arm aus und klopfte ihm aus vier Metern Entfernung vorsichtig auf die Schulter.

Abreise

Rollan entfernte sich übermütig hüpfend von den Ruinen des Eispalasts. Zusammen mit seinen Gefährten war er soeben dem sicheren Tod entronnen. Er war … glücklich, ein für ihn ungewohnter Zustand. Allerdings wurde ihm dieses Gefühl immer vertrauter, seit er sich Tarik angeschlossen hatte und bei den verrückten Unternehmungen der Grünmäntel mitmachte. Hell brach die Morgensonne durch die Wolken und schien in die Schlucht mit der versteckten Stadt, deren Mauern funkelten und blitzten wie Diamanten.

Sie hatten Suka gefunden. Sie hatten die Begegnung überlebt und auch die empfindliche Eisstadt war nicht zerstört worden.

„Das haben wir wirklich gut hingekriegt“, sagte Rollan zu den anderen.

Sein Lächeln verging ihm, als sie sich den Männern und Frauen der Ardu näherten. Die Menschen waren mit ihren Tieren aus der Stadt gekommen und ihre Aufmerksamkeit galt vor allem dem großen Loch, dort, wo Sukas Eispalast gestanden hatte. Die große Eisbärin war verschwunden und von dem Bauwerk aus Eis war nur noch ein Trümmerhaufen übrig.

Rollan ließ den Blick über die Menge wandern, auf der Suche nach einem freundlichen oder auch nur jüngeren Gesicht inmitten der finster dreinblickenden Erwachsenen. Seine Augen blieben an einem Mädchen hängen, das nur wenig älter zu sein schien als er, und er setzte sein charmantestes Lächeln auf. Doch das Mädchen runzelte die Stirn.

„Suka ist weg", sagte es und klang so traurig, als hätte Rollan sein Seelentier getötet.

Plötzlich watschelte ein riesiger Hund neben sie und ließ ein teuflisches Bellen ertönen. Rollan unterdrückte einen Schrei. Einen so abstoßenden Hund hatte er noch nie gesehen. Er war braun und aufgedunsen und hatte eine stumpfe, mit Schnurrhaaren besetzte Schnauze mit zwei vorstehenden, überlangen Fangzähnen. Außerdem besaß er kurze Ohrstummel und flossenähnliche Pfoten, die beim Gehen hässlich klatschende Geräusche auf dem Eis machten. Rollan erschauderte.

Die Ardu musterten ihn und seine Gefährten stumm, bis Tarik vortrat.

„Ihr werdet jetzt gehen“, sagte eine Ardufrau mit einer Seemöwe auf der Schulter. Sie sah älter aus als Pia – oder wie eine Pia, die nie vom Wasser des Teichs getrunken hatte.

„Wir haben nur …“, begann Rollan, aber Tarik legte ihm die Hand auf die Schulter.

„Wir werden gehen“, erklärte er. „Dass der Palast zerstört ist, tut mir aufrichtig leid. Ich weiß, wie viel Suka und der prächtige Palast euch bedeutet haben. Zu meiner Erleichterung ist wenigstens der Stadt nichts passiert. Wenn wir etwas für euch tun können …“

„Ihr könnt gehen“, sagte die alte Frau. „Das könnt ihr für uns tun. Gehen, und zwar sofort.“

Tarik schien noch etwas sagen zu wollen, zögerte aber. Schließlich nickte er und wandte sich zum Gehen.

„Rollan, Meilin, Conor, Abeke, Maya!“, rief er. Er klang wie ein Vater, der seine ungehorsamen Kinder einsammelte. „Wir gehen.“

Die wütenden Ardu blieben hinter ihnen zurück und Rollan konnte endlich wieder sprechen.

„Habt ihr den Hund gesehen?“, fragte er aufgeregt. „Ich hätte mir fast in die Hose gemacht.“

„Er meint das Walross“, erklärte Meilin. „Eine Ardufrau hatte als Seelentier ein Walross.“

„Aha“, sagte Tarik. „Na bitte, Rollan, jetzt hast du endlich ein Walross gesehen.“

„Das war ein Walross?“ Rollan blickte zurück. Das Walross lag neben dem Ardumädchen und sah ihnen nach. Wieder bellte es heiser und Rollan erschauerte.

„Gruselig“, sagte er. „Ich glaube, ich mag Walrosse nicht.“

Sie gingen eine Weile schweigend weiter, doch Rollan musste unbedingt noch eine andere Frage loswerden.

„Warum waren diese Leute eigentlich so sauer auf uns?“, fragte er. „Also die Ardu aus der Eisstadt? So wie sie uns anstarrten, dachte ich schon, sie würden gleich mit ihren Speeren auf uns losgehen.“

„Wir haben Suka befreit“, sagte Meilin. „Und den Palast zerstört, den sie über Generationen hinweg gebaut haben.“

„Wir haben den Palast nicht zerstört“, erwiderte Rollan. „Das war Suka.“

Meilin zuckte mit den Schultern. „Jedenfalls haben sie durch uns etwas verloren, was ihnen sehr wichtig war.“

Rollan sah an Meilins Blick, dass sie an das brennende Zhong dachte. Er rückte näher an sie heran, bis ihre Schultern sich berührten.

„Stimmt“, sagte er. „Aber was haben sie denn erwartet? Was tut ein solcher Koloss, wenn er aus einem Eisblock ausbricht? Ich hätte mein Geld darauf verwettet, dass er alles kurz und klein schlägt.“

Die Temperatur sank, weil der kalte Westwind von einem noch kälteren Nordwind abgelöst wurde.

„Ist das ungemütlich", stöhnte Abeke, während Uraza an ihr hinaufsprang und zu einem Mal auf ihrem Arm wurde. „Ich will nur noch weg von hier und nie wieder zurückkehren."

„Und woher bekommen wir etwas zu essen für den Rückweg?", fragte Conor.

„Die Ardu aus dem Dorf werden uns wahrscheinlich nicht mehr bewirten", sagte Tarik. Auch sein Otter kehrte mit einem Blitz in den Ruhezustand zurück.

„Wegen des Eispalasts?", fragte Rollan. „Aber davon wissen sie ja gar nichts. Ich habe hier nirgends Postpferde oder Postwalrosse oder was auch immer gesehen. Ich wette, sie haben keine Ahnung von dem, was hier passiert ist."

„Trotzdem", sagte Tarik und band sich ein Seil um die Hüften. „Wir gehen auf dem kürzesten Weg nach Westen, in Richtung Küste. Ohne die Hilfe der Ardu." Er gab das Seil an Maya weiter. „Binde dir das um die Hüften. Und nach dir Abeke, Meilin, Rollan und Conor. Rollan und Essix haben ihre Sache zwar sehr gut gemacht und uns immer wieder vor Spalten gewarnt, aber ich will kein Risiko eingehen."

„Wollte Tarik eigentlich aus einem bestimmten Grund, dass ich als Letzter gehe?", fragte Conor Rollan leise, als sie sich angeseilt hatten und wieder gingen. „Ich habe ihn nicht irgendwie gekränkt, oder?"

„Der Grund ist wahrscheinlich nur, dass du so gut riechst", sagte Rollan.

„Ha, ha", brummte Conor. „Du riechst auch nicht besser."

„Nein, ich meinte, dass du viel besser riechen kannst als wir. Mit deiner, wie soll ich sagen, Wolfsschnauze riechst du womöglich, wenn uns jemand folgt."

„Ach so." Conor sah sich verstohlen um.

„Aber wahrscheinlich auch, weil du so stinkst", fügte Rollan hinzu.

Nachdem sie gefühlte Stunden unterwegs gewesen waren, tauchte in der Ferne ein Ardudorf auf – ein anderes als das, was sie verlassen hatten. Eine Gruppe von Menschen, ausgerüstet mit blitzenden Speeren, blickte ihnen entgegen.

„Können die uns sehen?", rief Rollan laut durch den Wind, damit Tarik ihn hören konnte.

Tarik blickte zu dem entfernten Dorf hinüber. „Wahrscheinlich", rief er zurück. „Sonst hätten sie keine Speere in den Händen."

„Warum mögen sie uns auf einmal nicht mehr?", fragte Rollan. „Bestimmt verwechseln sie uns mit jemandem."

„Oder ein Postwalross aus der Eisstadt hat sie benachrichtigt", warf Meilin ein.

Rollan, der hinter ihr ging, zog zum Spaß an dem Seil, mit dem sie zusammengebunden waren, sodass Meilin fast stolperte. Sie erschrak und zog ihrerseits heftig an dem Seil.

Rollan flog nach vorn und stieß mit ihr zusammen. Sie wollte ihn halten, damit er nicht stürzte, und auch er klammerte sich an ihr fest. Plötzlich wurde ihm bewusst, wie nah sie sich waren. Denn obwohl sie beide dick in Leder und Fell eingepackt waren, konnte er nicht ignorieren, dass sie sich gerade in den Armen lagen.

„Entschuldigung“, sagte Rollan.

Aber Meilin ließ nicht los. Rollan drehte das Gesicht ein wenig und die Öffnungen ihrer Kapuzen streiften sich. Dann sah er Meilins Gesicht direkt vor seinem. Fieberhaft überlegte er, womit er sie necken konnte. Aber Abeke kam ihm zuvor.

„Wenn ihr dann mal mit Küssen fertig seid …“, sagte sie und zog kräftig an dem Seil.

Meilin und Rollan fuhren hastig auseinander und gingen weiter.

Doch Rollan ließ eine Hand auf dem Seil liegen, das ihn mit Meilin verband.

Etwa eine Stunde, nachdem sie das Ardudorf gesehen hatten, wurde der Wind so stark, dass er ihnen den Schnee ins Gesicht blies und sie nichts mehr sehen konnten. Als Meilin dann auch noch so heftig mit Maya zusammenstieß, dass beide stürzten, ließ Tarik sie ihr Lager für die Nacht aufschlagen.

MAYA

„Es ist wirklich erstaunlich, dass ich das hier gemütlich finde“, sagte Abeke. Sie saß mit dem Rücken an die Zeltwand gelehnt, die heftig im Wind hin und her schlug. „Mir ist tatsächlich warm. Ist das nicht merkwürdig?“

„So merkwürdig auch wieder nicht“, sagte Maya und hielt die Hände über ein Loch, das sie in den Boden gegraben hatte. Dort brannte jetzt ein wärmendes kleines Feuer in einer Pfanne mit Seehundfett, wie sie es von den Ardu gelernt hatten. Sie saßen alle sechs auf engstem Raum aneinandergedrängt, aber die anderen waren von dem langen Tag müde und dösten schon.

„Doch, es ist unglaublich“, beharrte Abeke und beugte sich näher über das Feuer. Sie sprachen leise, um die anderen nicht zu stören. „Wir haben alle Tiere mit Wunderkräften, aber was du tust, grenzt wirklich an Zauberei.“

Maya errötete. „Danke, aber für mich ist das, was du tust, was ihr alle tut, Zauberei."

„Dass wir unsere Tiere rufen? Das kannst du doch auch."

„Das meine ich nicht", erwiderte Maya, „Es ist noch nicht einmal die Art, wie du mit Pfeil und Bogen umgehen kannst, obwohl das auch etwas Magisches hat. Nein, ich meine, dass ihr das alles tut, ohne … ohne Angst zu haben."

Abeke schloss die Augen. „Die haben wir doch alle."

Maya nickte. „Schon, aber ich habe das Gefühl, dass ich …" Sie zog den rechten Handschuh aus und hielt Abeke ihre flache Hand hin. Sie zitterte.

„Du frierst ja", flüsterte Abeke. „Zieh den Handschuh wieder an!"

Maya lächelte. „Nimm meine Hand und halte sie fest, nur einen Augenblick."

Abeke nahm Mayas Hand in ihre Hände und wollte sie reiben, wie Conor es mit ihren Füßen getan hatte. Aber Mayas Hand war so warm, als säße sie in Nilo am Strand.

„Ich friere nicht so stark, solange Tini es warm hat." Als der kleine Salamander seinen Namen hörte, steckte er den spitzen Kopf unter Mayas Halstuch hervor. Im nächsten Moment war er schon wieder verschwunden.

Abeke betrachtete Mayas zitternde Hand. Es widerstrebte ihr, sie wieder loszulassen. Zum einen tat die Wärme ihren eigenen kalten Händen gut, zum anderen spürte sie, dass Maya etwas brauchte. Sie wusste nur nicht, was das war und wie sie es ihr geben sollte.

„Mir ist nicht kalt“, flüsterte Maya heiser. „Ich habe Angst.“ Sie entzog Abeke ihre zitternde Hand und presste beide Hände aneinander, als wollte sie sie zwingen, ruhig zu sein. „Die Ereignisse im Eispalast … die Bärin, das Gebrüll, die einstürzenden Wände, das brechende Eis und die Schreie …“ Sie schloss die Augen. „Ich wäre fast gestorben. Wir alle wären fast gestorben.“

„Aber wir sind es nicht“, sagte Abeke und lächelte.

„Nein.“ Maya erwiderte das Lächeln traurig. „Aber etwas in mir … ich weiß nicht …“ Sie betrachtete ihre Hand, die immer noch sichtbar zitterte. „Etwas …“ Ihre Stimme begann genauso heftig zu zittern wie ihre Hand. „Etwas fühlt sich nicht mehr richtig an. Wenn … wenn noch was passiert …“

Sie schüttelte den Kopf, lächelte entschuldigend und legte sich auf ihre Matte mit dem Rücken zu Abeke.

Später, als die anderen schon schliefen, lag Abeke immer noch wach und dachte darüber nach, wie man Dinge heilen konnte, die in einem Menschen kaputtgegangen waren. Da hörte sie, wie die Zeltklappe auf- und wieder zuging. Aus Furcht, es könnte ein Eindringling sein, setzte sie sich auf. Alle Schlafplätze waren besetzt bis auf einen. Meilins Platz war leer und der Mantel, den sie als Zudecke benutzte, zurückgeschlagen.

Abeke zog ihren Mantel an. Rollan setzte sich auf und blickte zuerst zu ihr und dann zu dem leeren Platz. Leise fragte er: „Meilin?"

Abeke nickte und Rollan hob einen Finger, wie um zu sagen: „Warte!"

Sie wartete, musste aber unablässig daran denken, dass Meilin draußen im Schnee war und ohne ihren Mantel sicher erbärmlich fror. Schließlich hielt sie es nicht mehr aus, sie schloss die Knebelknöpfe ihres Mantels und stand auf. Da hob Rollan beide Hände. „Warte noch!", flüsterte er ihr zu.

Kurz darauf ging die Zeltklappe auf und Meilin schlich leise wieder herein. Sie legte sich auf ihren Platz und begann zu schnarchen.

Abeke hob die Hände mit den Handflächen nach oben und sah Rollan fragend an.

Er schüttelte ratlos den Kopf, zuckte mit den Schultern und sank wieder auf sein Lager.

Abeke legte sich mit angezogenem Mantel hin und verschränkte die Arme über der Brust. Was war das gewesen? Tat Meilin das oft? Offenbar so oft, dass Rollan bereits davon wusste. Aber was steckte dahinter? War auch in Meilin etwas kaputtgegangen?

Abeke seufzte. Ihr Kopf ließ sie in dieser Nacht offenbar nicht zur Ruhe kommen.

Sie döste ein, wachte bei jedem Geräusch auf und war

damit beschäftigt, alle Probleme zu lösen – die von Maya, von Meilin, von Shane und von den Grünmänteln.

Dann musste sie doch eingeschlafen sein, denn als sie wieder aufwachte, drang ein schwacher Lichtschein durch die Zeltklappe. Sie wickelte sich in ihren Mantel und die Bettdecke ein und ging nach draußen. Dort saß bereits Conor auf seinem Bündel. Briggan lag neben ihm.

„Wie friedlich so ein Morgen ist, wenn man ganz allein ist", flüsterte er, um die anderen nicht zu wecken.

„Ich kann auch wieder reingehen", sagte Abeke.

„Nein, bleib. Du zählst nicht als Fremde."

„Hm … danke?"

„Ich meine, du bist für mich wie Familie. Jemand, dem ich nichts vorspielen muss."

Abeke setzte sich.

Conor legte die Hand auf Briggan und kraulte ihm das Fell. Abeke ließ Uraza frei und die Leopardin streckte sich, gähnte und zeigte dabei ihre spitzen Zähne. Anschließend rollte sie sich auf Abekes Schoß zusammen, wofür sie eigentlich viel zu groß war. Abeke schlang die Arme um ihren Hals und legte die Wange auf ihren Kopf. Uraza begann zu schnurren.

„Es ist wirklich einsam und kalt hier", flüsterte Conor. „Kein einziges Schaf weit und breit. Aber die Sonne geht überall in Erdas auf und scheint hier genauso fröhlich wie in Eura."

„Nur nicht so warm“, wandte Abeke ein. „Ich vermisse die sengende Hitze der Sonne in Nilo.“

Jemand bewegte sich raschelnd im Zelt.

„Hat dich ein Traum geweckt, Conor?“, fragte Tarik und tauchte aus dem Zelt auf.

„Nein.“ Conor zögerte kurz. „Oder doch, aber ich glaube kaum, dass er wichtig war.“

„Erzähl ihn uns trotzdem“, sagte Tarik.

„Nein, wirklich.“ Conor schüttelte den Kopf. „Er war so albern. Ich habe von Schuhen geträumt.“

„Von was?“ Tarik sah ihn verwirrt an.

„Wir waren auf dem Eis und hatten alle ganz sonderbare Schuhe an.“ Conor klang verlegen, schien aber jetzt doch froh darüber zu sein, die Geschichte loszuwerden. „Deine waren aus Fell und hatten Schwänze, die sich bewegten. Rollan hatte überhaupt keine Schuhe, sondern nur kleine Flügel an den Fersen. Meilin hatte Stiefel an, die aussahen wie Knödel, mit langen grünen Schnürsenkeln, die kilometerlang hinter uns herschleiften.“

„Hm.“ Auf Tariks Lippen lag ein Lächeln. „Und die Knödelschuhe haben dich so erschreckt, dass du aufgewacht bist.“

„Nein, die nicht.“ Conor sah kurz Abeke an und blickte wieder auf seine Hände. „Abeke hatte ganz fantastische Pantoffeln aus Feuer an, die ihr natürlich die Füße wärmten, aber zugleich auch das Eis schmolzen. Sie begann einzusinken und nur ich bemerkte es. Ich wollte zu ihr laufen, aber meine Schuhe, also …"

„Ja?", ermutigte Tarik ihn zum Weitersprechen.

„Das … das waren Walrosse", sagte Conor. „Also ganz kleine Walrosse, die ihre Stoßzähne ins Eis gesteckt hatten. Sie wollten mich nicht laufen lassen. Abeke tauchte im Wasser unter dem Eis unter und dann wachte ich auf."

„Klingt doch nicht schlecht", sagte Abeke. „Ich könnte ein schönes Bad gebrauchen."

Conor lächelte, aber dann blieb sein Blick an ihrem Gesicht hängen. „Du siehst schrecklich aus", sagte er.

Abeke rieb sich die Augen. „Na, besten Dank. Wenn ich schon sonst nichts zustande bringe, kann ich wenigstens von uns allen am schrecklichsten aussehen."

„Was? Nein! Äh … ich meine doch, also nicht, dass du …"

„Du siehst müde aus", fiel Rollan ihm ins Wort, der in diesem Augenblick aus dem Zelt trat. „Ich glaube, das meint er."

„Ja!", sagte Conor. „Fühlst du dich nicht wohl? Hast du schlecht geschlafen?"

Tarik hatte sich einige Schritte vom Zelt entfernt und spähte angestrengt in die Ferne.

„Rollan!", rief er. „Kannst du von hier aus die Küste sehen?"

„Ich habe nicht gut geschlafen, stimmt", sagte Abeke.

„Meilins kleiner Spaziergang hat mich ziemlich lange wach gehalten."

„Moment, was?", fragte Conor. „Meilin ist wieder nachts herumgelaufen?"

Abeke nickte. „Sogar ohne Mantel."

„Nein, ich sehe nichts!", rief Rollan Tarik zu. Dann wandte er sich wieder an Abeke. „Das ist harmlos. Sie hat das schon früher getan und wird dabei nicht gerne gestört. Vielleicht ist es für sie ja eine Art Meditation. Jedenfalls kommt sie immer zurück."

„Sie schlafwandelt?", sagte Conor. „Laut den Grünmänteln ist Schlafwandeln ein ganz normaler Teil der Bindung an ein Seelentier."

„Dann hat Meilin jetzt wohl eine stabile Bindung zu Jhi", meinte Abeke.

„Es reicht!", tönte eine schläfrige Stimme aus dem Zelt. „Ich bin wach! Hört auf, über mich zu sprechen!"

Die Falle

Die Küste lag näher, als Rollan vermutet hatte. Tarik hatte ihnen zwar versichert, sie müssten nur noch ein paar Stunden laufen, aber Rollan hatte geglaubt, dass er ihnen damit nur Mut machen wollte. Doch jetzt gingen sie am Ufer entlang und der Wind wehte ihnen die salzige Meeresluft um die Nase. Die tief stehende Nachmittagssonne beschien sie von rechts. Sie hielten einigen Abstand zum Wasser aus Furcht, das Eis könnte zu dünn werden.

Ihr Ziel war es, ein Ardudorf zu finden und von dort mit einer Fähre nach Eura überzusetzen. Sie hielten an, damit Tarik etwas auf dem Boden betrachten konnte, was aussah wie Insektenkot. Rollan hatte den Eindruck, dass sie inzwischen alle paar Minuten anhielten.

„Haben wir uns verirrt, Tarik?“, rief er so laut, dass alle

es hören konnten. Essix, die auf seiner Schulter saß, schlug mit den Flügeln.

„Nein“, erwiderte Tarik.

„Weil es für mich so aussieht“, fügte Rollan hinzu.

„Wir haben uns nicht verirrt“, beharrte Tarik.

Sie gingen schweigend ein paar Minuten, die Rollan endlos lange vorkamen.

„Ich gehe gern mal in einer Eiswüste spazieren“, sagte er schließlich. „Aber gibt es einen Grund, warum wir nicht einfach zu der Fähre zurückgehen, mit der wir gekommen sind? Der Weg war zwar nicht bequem, aber dafür kennen wir ihn bereits.“

Da wurde er plötzlich angegriffen. Eine Art Riesentausendfüßer attackierte sein Bein, lief seinen Rücken hinauf und klammerte sich an seinem Kopf fest. Rollan schrie. Bestimmt würde das Ungeheuer gleich seine Augen fressen oder Eier in seinem Kopf ablegen.

„Macht das weg!“, brüllte er und rannte im Kreis. Er traute sich nicht, das Wesen mit den Händen zu berühren, aus Angst, es könnte ihm mit seinen Zähnen einen Finger abbeißen.

Dann war das Gewicht auf seinem Kopf so plötzlich verschwunden, wie es gekommen war. Er blickte sich um und sah Lumeo an Tarik hinaufhuschen und in dessen Mantel verschwinden. Als Nächstes hörte er die anderen prusten. Maya und Abeke kicherten unbeherrscht und

Conor lachte tief und schallend. Rollans Wangen färbten sich rot.

Meilin lachte nicht, aber sie lächelte. Unter anderen Umständen hätte er das Gefühl gehabt, dass sie sich über ihn lustig machte, aber diesmal war es nicht so. Ihr Lächeln war so ansteckend, dass auch er grinsen musste. „Ich habe wirklich geglaubt, Lumeo sei ein riesiger, fleischfressender Tausendfüßer."

Nur Tarik verzog keine Miene, als hätte er Rollan nicht gerade eben zu Tode erschreckt. „Wir kehren auf einem anderen Weg nach Eura und Greenhaven zurück", antwortete er auf Rollans Frage, „weil ich Shane und seinen Leuten nicht begegnen will."

Rollan brummte etwas.

„Und wir halten deshalb so oft an, weil wir nach Seehundlöchern wie dem da drüben suchen", fuhr Tarik fort. „Unser Proviant ist restlos aufgebraucht. Und was unsere Tiere aufstöbern, reicht nicht auch noch für uns."

Rollan hörte es mit gemischten Gefühlen. Einerseits hatte er Hunger, und Seehund war zwar nicht seine Leibspeise, aber immerhin essbar. Doch das Töten und Häuten war ihm zuwider. Auf den Straßen Concorbas lebten Kinder, die sogar Ratten häuteten und aßen, aber wenn er das nur gesehen hatte, war ihm schon der Appetit vergangen. Es erschien ihm einfacher, sich Essen aus Mülleimern zu beschaffen. Nur gab es in Arctica leider keine Mülleimer.

„Will der große Überlebende eines Otterangriffs seine Ehre wiederherstellen, indem er uns etwas Schönes zum Abendessen fängt?“, fragte Conor.

„Äh …“ Rollan wollte das Angebot schon ausschlagen, da fing er Meilins Blick auf und überlegte es sich anders. „Gib mir einen Speer“, sagte er.

Sie warteten an dem Loch. Eine halbe Ewigkeit. Der kurzen Strecke nach zu urteilen, die die Sonne zurücklegte, dauerte es in Wahrheit wohl nur ungefähr eine Stunde, aber wenn man bewegungslos auf dem Eis lag, verging die Zeit sehr langsam.

Nach weiteren gefühlten siebenundneunzig Stunden bildete Rollan sich ein, unter dem Wasser eine Bewegung zu sehen. Er hob den Arm, mit dem er den Speer hielt. Etwas brach durch die Wasseroberfläche des Lochs. Tarik reagierte als Erster und warf seinen Speer, verfehlte das Ziel allerdings knapp. Es krachte ohrenbetäubend und das Eis unter Rollans Füßen wurde plötzlich nach oben gedrückt.

„Zurück!“, rief Conor und Rollan sprang gerade noch rechtzeitig nach hinten. Aus dem Eis tauchte ein Ungeheuer auf.

„WALROSS!“, brüllte Rollan. Er wich noch weiter zurück und konnte nur wie gelähmt auf das Tier zeigen. Der Koloss schlug mit seinen Stoßzähnen nach Tarik, der ihm mit der Wendigkeit eines Otters durch einen Sprung zur Seite auswich. Er hatte jedoch nicht an das Eis unter seinen

Füßen gedacht, weshalb er ausrutschte und das Gleichgewicht verlor.

„WALROSS!", brüllte Rollan erneut und zeigte weiterhin auf das Wesen, unfähig, sich von dem Anblick loszureißen. Abeke und Meilin warfen ihre Speere gleichzeitig, verfehlten das angreifende Walross aber. Meilin wich ihm durch einen Purzelbaum aus und landete neben Tarik, der schon wieder aufgestanden war. Abeke schlitterte rückwärts über das Eis, doch der galoppierende Koloss holte sie ein und brachte sie mit seinem Gewicht zu Fall. Das Walross hob die Stoßzähne, um Abeke zu durchbohren, da nahm Uraza mit einem Blitz Gestalt an und brüllte so schrecklich, dass der Koloss tatsächlich innehielt.

Briggan und Uraza wollten sich beide auf ihn stürzen, doch er rutschte spritzend in das Loch zurück.

Rollan stand inzwischen mit dem Rücken an einer Schneewehe, und als das Walross verschwunden war, merkte er, dass er immer noch auf die Stelle zeigte, an der es eben noch gestanden hatte. Maya saß mit angezogenen Knien an die Schneewehe gelehnt und sah ihn mit aufgerissenen Augen an.

„Walross", wiederholte Rollan rau, vom vielen Schreien heiser. Sie nickte und er ließ die Hand fallen.

„Na", meinte Tarik, „wir wären schrecklich schlechte Jäger."

Sie setzten sich wieder in Bewegung. Rollan war innerlich noch so aufgewühlt, dass er doppelt so schnell ging wie die anderen.

„Das war kein Seehund“, sagte er. „Dabei hätte es doch einer sein müssen, denn das Loch stammte von einem Seehund. Aber es war keiner. Es war KEIN Seehund!“

Am nächsten Eisloch warteten sie wieder und wurden endlich mit einem Seehund belohnt – einem Tier ohne Stoßzähne, das sie auch nicht angriff.

Abeke traf es mit einem Pfeil in den Hals. Sie kniete sich neben das sterbende Tier und flüsterte: „Tut mir leid, dass ich dir das Leben nehme, mein Freund. Meine … meine Familie braucht dein Fleisch zum Überleben. Ich habe so geschossen, dass du möglichst wenig Schmerzen erleiden musst. Ich danke dir. Durch deinen Tod rettest du uns das Leben.“

Danach sprach eine Weile niemand.

Tarik, Conor und Meilin machten sich daran, den Seehund zu zerlegen und das Fleisch in Portionen für jetzt und später zum Mitnehmen aufzuteilen. Maya gab etwas Seehundfett in ihre Pfanne und zündete es an, das Feuer war allerdings zu schwach, um das Fleisch zu garen. Weil ihre Kräfte gerade ausreichten, um es ein wenig anzubraten, aßen die meisten es roh wie die Ardu. Maya ging ein Stück abseits und blickte allein auf das Meer hinaus. Nach einer Weile folgte ihr Abeke und legte den Arm um sie.

Sie marschierten zwei weitere Tage ohne Zwischenfälle und aßen Seehundfleisch und zwei verstümmelte Tiere, die Essix gejagt hatte. Nach und nach tauchten Felsen aus dem Eis auf und an der Südküste stießen sie auf ein weiteres Ardudorf. Fähre und Überfahrt waren auf Rollans Prioritätenliste inzwischen ganz weit nach hinten gerückt. Er hätte alles für ein herzhaftes Paprikagulasch oder einen Hühnchen-Kartoffel-Eintopf gegeben.

Doch im Dorf gab es weder Paprika noch Hühnchen. Stattdessen aßen sie mal wieder Seehundeintopf, Seehundhirn und eine Art Pastete mit Fleischfüllung. Als Tarik deshalb vorschlug, sie sollten sich nicht lange aufhalten, sondern gleich mit dem Boot weiterfahren, war Rollan einverstanden.

Das Boot war größer, flacher und breiter als ihre letzte Fähre und lag tief im Wasser. Auf seinem Boden befanden sich auch keine toten Fische. Schon wenig später näherten sie sich der Nordküste Euras. Die Umrisse kleiner Häuser und andere vertraute Dinge kamen in Sicht und Rollan seufzte erleichtert. Die Häuser sahen so aus wie die Häuser seiner Kindheit, Häuser, wie sie Menschen bauten, die Paprikagulasch aßen.

Sie kletterten auf den Anlegesteg und Tarik drückte dem Bootsführer etwas in die Hand, was diesen sehr zu erfreuen schien. Er verbeugte sich und sagte leise etwas zu Tarik, der daraufhin nickte und zu den anderen trat.

„Der Mann meint, dass hier etwas nicht stimme", sagte er.

„Weil die Temperatur über dem Gefrierpunkt liegt und es nicht nach totem Seehund stinkt?", fragte Rollan.

„Nein, weil die Hafenarbeiter fehlen. Er meint, dass normalerweise Leute aus dem Dorf bereitstehen, wenn ein Boot eintrifft. Sie helfen beim Ausladen und bieten ihre Waren und Dienste an." Tarik blickte zu dem Mann hinüber, der auf dem Boot geblieben war. Er schien auf etwas zu warten.

„Was bedeutet das alles?", fragte Meilin.

„Vielleicht gar nichts", sagte Tarik. „Vielleicht haben sie nur Ferien."

Die Anspannung der anderen ließ spürbar nach.

„Oder es bedeutet, dass unsere Gegner hier sind", sagte Tarik. Rollan hörte Maya stöhnen.

„Worauf wartet der Bootsführer noch?", fragte Conor.

„Wir müssen überlegen, ob wir bleiben wollen", sagte Tarik. „Oder ob wir, wenn wir kein gutes Gefühl haben, mit der Fähre nach Arctica zurückkehren."

„Nach Arctica?", fragte Rollan. „Zu Eis und Kälte und Walrossen? Nein danke."

„Du bist also dafür, dass wir bleiben", sagte Tarik. „Meilin?"

„Ich auch", sagte Meilin. „Ich will nicht zurück."

„Conor?"

„Ich finde, es wäre klüger zurückzukehren. Natürlich nicht für immer … aber das hier …“ Er zeigte auf den leeren Steg. „Ich habe hier kein gutes Gefühl.“

„Maya?“

„Nicht bleiben“, sagte sie. „Ich bin dafür zurückzufahren.“

„Also wollen zwei bleiben und zwei umkehren. Abeke?“

„Ich weiß nicht.“ Abeke blickte über das Meer und zur Küste Arcticas in der Ferne. „Dort ist es so kalt.“ Sie brach ab und sah Maya und Conor fragend an. Dann seufzte sie. „Mir ist beides recht. Entscheide du, Tarik.“

„Dann bleiben wir.“ Tarik nickte dem Bootsführer zu, der daraufhin die Leinen losmachte.

„Wir bleiben auf jeden Fall zusammen“, sagte Tarik und sah die anderen nacheinander an. „Wenn wir innerhalb einer Stunde kein geeignetes Transportmittel finden, gehen wir zu Fuß.“

Das Boot entfernte sich und Maya lief neben ihm her. Dann erreichte sie das Ende des Stegs, blieb stehen und sah dem Boot nach.

„Ich rieche Schaffelle“, sagte Conor.

„Was?“, fragte Rollan. „Schaffelle? Das ist merkwürdig.“

„In der Tat“, sagte Tarik und betrachtete das Dorf vor ihnen. „So nahe an Arctica bin ich noch nie Kleidern aus euranischen Schaffellen begegnet.“

Rollan blickte zu Essix hinauf, die über ihnen kreiste,

und dann zum Dach eines Gebäudes am Rand des Hafens flog. Auf dem Dach standen Menschen. Die Sonne ging gerade hinter ihnen unter, deshalb konnte Rollan sie nur schwer erkennen.

Er kniff die Augen zusammen. „Da ist Shane. Und die beiden Mädchen. Tahlia, die Blonde mit dem Frosch, und Ana mit der Echse. Und noch jemand, den ich nicht erkennen kann."

Meine Mutter.

Sein ganzes Leben lang hatte der Gedanke an seine verlorene Mutter ihn beschäftigt wie eine Pfeilspitze, die so tief eingedrungen war, dass man sie nicht herausziehen konnte. Während der langen Tage auf dem Eis hatte er versucht, sie zu vergessen. Ohne Erfolg.

Er ging ein paar Schritte auf das Haus zu.

„Da sind ganz viele Menschen", sagte er. „Auch auf den anderen Dächern."

„Bogenschützen", sagte Meilin.

„Bestimmt fünfmal so viele wie wir", überlegte Rollan. Er staunte selbst, wie ruhig seine Stimme klang.

„Und, äh, die gehen wahrscheinlich nicht weg, wenn wir sie höflich darum bitten?", fragte Maya. Sie blickte sich um und Rollan folgte ihrem Beispiel. Die Fähre war verschwunden.

„Kaum", sagte Conor. Er hatte die Hände zu Fäusten geballt.

„Vielleicht doch", meinte Abeke. Die anderen sahen sie an, als hätte sie einen unanständigen Witz erzählt.

„Doch, wirklich. Lasst mich mit Shane sprechen. Mit ihm kann man reden."

„Da habe ich meine Zweifel", sagte Tarik. „Aber du kannst es gern versuchen."

„Aber wecke zuerst Uraza aus dem Ruhezustand", schlug Conor vor.

Abeke schüttelte den Kopf. „Shane hat seinen Vielfraß auch nicht geweckt. Wenn ich Uraza rufe, vermittelt das einen falschen Eindruck."

Sie ging ein paar Schritte auf das Haus zu und winkte. Rollan bildete sich ein, Shane lächeln zu sehen, er konnte allerdings nicht erkennen, um was für eine Art von Lächeln es sich handelte.

„Ich halte das für keine gute Idee", knurrte Conor. „Dieser Shane ist nicht ehrlich."

Shane und seine Gefährten schickten sich an, das Dach zu verlassen, die Gestalten auf den anderen Dächern bewegten sich nicht.

„Ich finde, wir sollten Abeke begleiten", sagte Conor und setzte sich in Bewegung. „Für den Fall, dass Shane uns reinlegen will."

„Aber wir sind ihnen schon ziemlich nah", wandte Tarik ein. „Sie dürfen sich nicht bedroht fühlen. Ich … ich finde, in unserer gegenwärtigen Lage ist eine friedliche Lösung die beste Alternative. Geben wir Abeke doch die Chance. Wenn etwas schiefgeht, können wir ihr sofort helfen."

Conor brummte etwas.

„Ich habe den Eindruck, du verwandelst dich allmählich in einen Wolf", sagte Rollan.

Shane sprang vom Dach des Gebäudes herunter und winkte Conor zu, als wären sie alte Freunde. Conor starrte ihn nur an.

„Dem würde ich am liebsten die Faust ins Gesicht schlagen", sagte er.

Rollan nickte. „Manche Menschen haben solche Gesichter. Ich angeblich auch, aber das glaube ich nicht. Ich wollte mir noch nie selber eine runterhauen."

Rollan verstummte und senkte den Blick. Er spürte, dass Aidana in der Nähe war und ihn beobachtete.

Mitten in der Nacht war er damals aufgebrochen. Er hatte sie in Samis zurückgelassen und war wie ein Feigling vor einer unangenehmen Entscheidung weggelaufen.

„Ich begleite Abeke ein Stück", sagte Conor. Tarik hob die Augenbrauen.

„Nur bis dorthin." Conor zeigte auf das Ende des Stegs. „Ich will festen Boden unter den Füßen haben."

„Einverstanden", sagte Tarik. „Wir gehen alle, aber langsam. Und nur bis zum Ende des Stegs, wie Conor gesagt hat. Dann haben wir immer noch genügend Abstand."

„Tarik?“ Maya ließ den Blick über das Wasser wandern, als hoffte sie, die Fähre würde zurückkehren. Aber kein Boot war zu sehen. „Ich setze mich nur hierhin … und … sehe mir das Meer an, ja?“

Tarik nickte und beobachtete, wie Abeke mit Shane sprach. Die beiden gingen langsam nebeneinanderher.

„Er führt Abeke zu diesem Stapel Kisten“, sagte Conor. „Wie ein Hirte, der seine Herde in eine bestimmte Richtung lenkt.“

Rollan war sich da nicht so sicher. Conor zog oft vorschnell Schlüsse. Aber die beiden entfernten sich tatsächlich immer mehr von ihnen.

„Sie kommen wieder zurück“, sagte Tarik. Shane und Abeke hatten sich umgedreht und Abeke machte sie durch Winken auf sich aufmerksam.

„Alles in Ordnung!“, rief sie. „Sie lassen sich auf einen Tausch ein!“

Einen Tausch? Hatte Shane denn etwas, was die Grünmäntel wollten?

Tahlia stand plötzlich neben Tarik. Ihr hässlicher Frosch lag auf ihrem Handteller. „Ihr gebt uns den Bärentalisman.“ Sie lächelte kalt. „Und bekommt dafür von uns Uraza zurück.“

Rollan runzelte die Stirn. Shane ging neben Abeke und lächelte, während sie sich unterhielten. Über was sprachen sie? Shane hatte Abeke mit der Hand am Arm gefasst wie ein Kavalier eine Dame und seine Hand lag auf dem Tattoo von Uraza.

Ana, deren Echse sich um ihre Knöchel schlängelte, meldete sich zu Wort, ganz leise, damit ihre Stimme nicht bis zu Abeke drang. „Shane ist zu diplomatisch, deshalb hat Zerif uns mitgeschickt, damit unser Auftrag auch ausgeführt wird. Zerif war von Abekes Verrat besonders gekränkt. Wir geben euch Uraza zurück, aber zuerst schneiden wir sie von Abeke los. Vielleicht könnt ihr Grünmäntel die Wunde ja versorgen und die Bindung wiederherstellen, wenn ihr schnell seid."

Tarik war blass geworden. Rollan hielt das Gerede vom Losschneiden zwar für Quatsch, aber Tarik schien es sehr ernst zu nehmen.

„Also", sagte das Mädchen und hielt ihnen einen Beutel hin. „Den Talisman bitte."

Niemand rührte sich. Shane sah zu ihnen herüber. Er hielt Abeke immer noch am Arm und hatte die Stirn gerunzelt. Irgendwo landeinwärts bellte ein Hund.

„Halt!", schrie Shane plötzlich.

Conor ließ ohne Vorwarnung Briggan frei. Der Wolf sprang von seinem Arm direkt auf Tahlia. Ihr Frosch fiel mit einem schmatzenden Geräusch auf den Boden. Anas Echse fauchte Briggan an und entblößte dabei ihre nadelspitzen Zähne. Rollan war durch Briggan abgelenkt und merkte erst, dass Conor losgerannt war, als dieser bereits vor Shane stand, ihm die Schulter in die Brust rammte und ihn von Abeke wegstieß.

„Lass Abeke in Ruhe!“, rief er.

Andere Eroberer eilten mit ihren Seelentieren herbei, um Conor anzugreifen, aber da stand plötzlich Briggan vor ihnen. Und er war riesig.

Conor trug den Talisman von Dinesh.

Der Wolf war so groß wie ein Elefant. Seine kobaltblauen Augen funkelten zornig und bei jedem wütenden Bellen sah man seine scharfen Fangzähne. Die Eroberer hoben die Waffen, aber Briggan fegte die ganze erste Reihe mit der Pfote zur Seite.

Tarik trat Ana und Tahlia mit dem Fuß die Beine unter dem Leib weg und landete mit einem Sprung direkt hinter ihnen. Im selben Moment sah Rollan einen Hünen lautlos hinter Tarik aus dem Schatten treten. Der riesige Mann machte zwei Schritte auf Tarik zu, klemmte ihm seinen Arm unter das Kinn und drückte zu.

Rollan rannte zu Tarik, ohne zu wissen, was er gegen den Hünen ausrichten konnte. Ein Pfeil flog so dicht an seinem Kopf vorbei, dass er die Federn spürte. Er trat auf etwas Weiches, Feuchtes, stolperte und stürzte. Tahlia schrie auf. Rollan landete auf dem Hintern und sah, dass er auf ihren Frosch getreten war, der platt auf dem Boden lag. Er wusste nicht, ob er ihn getötet hatte. Tahlia sah ihn wütend an und zog ein Wurfmesser.

Rollan hob in Panik die Arme, um sein Gesicht vor der stählernen Klinge zu schützen, aber nichts geschah. Er stand auf und sah, dass Meilin mit scheinbar mühelosen Bewegungen gegen Tahlia und Ana kämpfte. Den Faustschlägen und Tritten ihrer Gegnerinnen wich sie geschmeidig aus. Sie schien förmlich zu tanzen. Rollan sah ihr zu und vergaß darüber fast, dass es sich um einen Kampf handelte, bis Meilin Ana die Faust ins Gesicht schlug und diese bewusstlos zu Boden ging.

Alles geschah blitzschnell. Überall wurde gekämpft. Auf den Dächern wimmelte es von Menschen, Scharen von Eroberern stürzten auf Rollan und seine Gefährten zu. Rollan rannte zu Meilin, um ihr zu helfen, obwohl sie seine Hilfe gar nicht zu benötigen schien. Offenbar hatte sie Jhi aus dem Ruhezustand geholt, so sicher bewegte sie sich.

Dann sah er den Panda. Er saß im Schatten auf einem Stapel Kisten. Rollan hörte Pfeile durch die Luft sausen. Er blieb nicht stehen, sondern rannte weiter auf Meilin zu. Sie rückte etwas unter ihrem Mantel zurecht, blickte den heranfliegenden Pfeilen entgegen und schlug sie aus der Luft.

Sie trägt den Kristallbären, dachte Rollan.

Immer neue Pfeilsalven gingen auf sie und Jhi nieder, doch Meilins unsichtbar ausgestreckten Arme holten sie aus der Luft oder schlugen sie zur Seite, bevor sie ihr Seelentier treffen konnten.

„Komm mit!“, sagte jemand.

Rollan fuhr herum. Aidana winkte ihm wie wahnsinnig zu.

„Das wird hier immer schlimmer“, sagte sie. „Komm!“

„Ich kann nicht“, erwiderte Rollan. „Meine Freunde …“

„Du musst mir jetzt vertrauen, Rollan!“, rief Aidana. Aus ihren Augen sprach Panik und sie sah auf einmal schön und wild aus wie ein Raubvogel. „Schnell, Rollan!“

Sie eilte um ein großes, rechteckiges Gebäude. Rollan rannte ihr hinterher. Das Kampfgeschrei dröhnte ihm in den Ohren wie ein Bienenschwarm, ohne dass er einzelne Wörter verstanden hätte. Doch dann hörte er plötzlich eine neue Stimme, die gellend schrie. Es klang wie der Schrei einer Katze, die von einem Wagen angefahren wird. „AUFHÖREN! AUFHÖREN! AUFHÖREN!“, rief jemand.

Rollan wirbelte herum.

Und sah das Feuer.

Feuer

Abeke verstand gar nichts mehr. Eben war doch alles noch in bester Ordnung gewesen. Shane hatte versprochen, dass die Eroberer sie in Ruhe lassen würden, wenn sie ihm den Kristallbären im Austausch gegen den Eisernen Eber gaben.

„Es ist nicht gut, wenn eine Gruppe alle Talismane besitzt“, hatte er gesagt, „selbst wenn sie noch so gute Absichten hegt. Wir wollen nur verstehen, wie die Talismane funktionieren. Aber wir wollen euch den Eisbären nicht einfach wegnehmen. Ich verspreche dir, dass ich das nicht zulasse.“

Diese Art der Aufteilung hatte ihr eingeleuchtet, zumal sie und ihre Gefährten dann ungestört weiterziehen konnten. Doch dann hatte Briggan angegriffen und die ersten Pfeile waren geflogen.

Als Conor sich auf Shane gestürzt hatte, hatte dieser Abeke am Arm festgehalten und sie waren alle drei nacheinander zu Boden gegangen, bis Abeke schließlich mit dem Kopf auf die Steine knallte.

Betäubt rollte sie sich auf die Seite. Sie richtete sich auf, stützte sich auf ein Knie und zwinkerte ein paarmal, aber vor ihren Augen drehte sich alles. An ihrem Ohr lief Blut hinunter, aber sie beachtete es nicht, denn die Szenen, die sich vor ihren Augen abspielten, beanspruchten ihre ganze Aufmerksamkeit. Überall wimmelte es vor Menschen und Tieren, die gegen ihre Freunde kämpften. Ihr Blick wanderte zu Jhi, die von vier oder fünf Tieren umringt wurde. Zwei wilde Hunde, eine Hauskatze, eine Ziege und ein Hirsch starrten den Panda bewegungslos an. Es musste sich um Seelentiere der Eroberer handeln, die allerdings nicht angriffen.

Ein Soldat prallte gegen Jhi und stieß sie zur Seite. Dann hob er sein Schwert.

„Nicht!", schrie Abeke, doch ihre Stimme ging im allgemeinen Lärm unter. Sie sah noch, wie einer der Hunde den Soldaten in den Arm biss, dann wurde sie selbst zu Boden geschlagen.

Jemand war gegen sie geprallt und sie spürte, wie etwas Nasses auf sie spritzte, Schweiß oder Wasser oder Blut. Vorsichtig drehte sie sich um. Sie wusste nicht, ob sie in Gefahr war, aber sie wollte helfen, egal um wen es sich handelte.

Es war Conor. Er packte sie an der Hand.

„Alles in Ordnung? Du blutest!", rief er und zeigte auf ihre rechte Schläfe. Sein Finger sah aus, als hätte ein Krokodil hineingebissen.

„Du auch", brachte sie heraus.

Zwischen ihnen und den Häusern des Dorfs – waren die Leute auf den Dächern Bogenschützen? – stand jemand mit ausgestreckter Hand. Er hob sich nur als Silhouette gegen die Sonne ab, aber Abeke wusste trotzdem, dass es sich um Shane handelte. Er hatte die Finger der Hand gespreizt, als wollte er einem Vogelschwarm Einhalt gebieten. Doch es waren keine Vögel, sondern Pfeile, die er aufhalten wollte. Pfeile, die zu Hunderten aufstiegen und sich wieder dem Boden näherten. Es kam Abeke so vor, als hätten die Pfeile die Sonne angepeilt und dann, als sie das Ziel nicht erreichen konnten, die Richtung geändert. Jetzt flogen sie auf sie zu.

Sie handelte instinktiv. Uraza erschien, ohne dass sie sie bewusst gerufen hätte. Noch bevor die Leopardin auf dem Boden gelandet war, sprang Abeke. Ihre Kräfte waren gewachsen, ihre Schritte länger geworden.

Sie landete und rollte sich ab. Alles um sie herum drehte sich, und wenn ihr Magen nicht so leer gewesen wäre, hätte sie die letzte Mahlzeit bestimmt von sich gegeben. Ein Dutzend Pfeile schlugen neben ihr in den Boden ein, viel weniger als die große Anzahl, die sie zu sehen geglaubt hatte. Offenbar hatte sie schon Halluzinationen. Sie begann zu zittern, denn ihr Körper begriff offenbar vor ihrem Verstand, dass sie den Pfeilen zwar hatte ausweichen können, Conor aber nicht. Er kauerte vornübergebeugt auf dem Boden und in seinem Rücken steckten drei Pfeile.

Abeke starrte ihn entgeistert an, als er sich plötzlich aufrichtete. Er lebte noch!

„Abeke!", rief er. „Wir müssen Meilin helfen!"

Er stand auf und ließ sein Bündel fallen, in dem die Pfeile steckten.

„Nur einer ging durch", sagte er. „Und das auch nur ganz knapp. Mir ist nichts passiert."

Shane rief wieder etwas und Abeke sah, dass er inzwischen beide Hände erhoben hatte und verzweifelt damit herumfuchtelte. Weitere Pfeile flogen durch die Luft, diesmal viel mehr als zuvor. So vielen Pfeilen konnten sie unmöglich ausweichen. Ihr Schicksal war besiegelt. Sie schloss die Augen.

Die Wärme des Sonnenlichts auf ihrem Gesicht verschwand und sie öffnete die Augen. Ein gewaltiger Schatten hatte sich vor die Sonne geschoben. Sie hörte, wie Dutzende von Pfeilen mit einem Trommeln auf etwas einprasselten, während sie nicht getroffen wurde und noch lebte. Die Gestalt, die sich zwischen sie und die Bogenschützen geschoben hatte, bewegte sich und graues

Fell leuchtete auf. Briggan! Der Schieferelefant hatte ihn so stark vergrößert, dass er selbst fast so groß wie ein Elefant war.

Sein Fell war so dick, dass die Pfeile offenbar nicht bis zur Haut durchdrangen. Conor sprang auf Briggans Rücken und hob seinen Stab wie ein König der Hirten, der in den Krieg zog.

„Steig auf!", rief er.

„Ich laufe mit Uraza", sagte Abeke.

Conor schien widersprechen zu wollen, doch eine Horde Soldaten stürmte auf ihn zu. Die Erde erzitterte unter Briggans Knurren. Für einen Moment verstummte der Lärm bis auf das Wimmern einiger Tiere, die Abeke nicht sehen konnte. Dann stürzte der große Wolf sich auf die Soldaten und der Kampf entbrannte aufs Neue.

Briggan trieb die Männer auseinander und packte einen von ihnen mit seinem gewaltigen Maul. Er warf ihn zur Seite und schnappte nach einem angreifenden Ochsen und seinem Reiter.

Als erneut Pfeile flogen, duckte Abeke sich hinter einige Kisten. Es gab unzählig viele Eroberer und kein einziger hörte auf Shane. Er hätte sie aufgehalten, das wusste sie, aber im Eifer des Gefechts hatte die Vernunft nichts mehr zu sagen.

Ein Löwe mit zottiger Mähne griff sie an. Abeke sah nur etwas Gelbes durch die Luft sausen und hörte Uraza fauchen. Auf ihren Armen stellten sich die Härchen auf. Während die beiden Katzen miteinander kämpften, legte sie einen Pfeil auf die Sehne ihres Bogens. Doch die beiden goldenen Leiber bildeten ein solches Knäuel, dass sie nicht auf den Löwen zielen konnte. Sie hob den Kopf und entdeckte weitere Bogenschützen auf dem Dach. Einer zielte gerade auf Conor, der auf Briggan ritt. Sie schoss auf den Bogenschützen und er stürzte vom Dach.

Uraza stieß ihr mit der Schnauze ans Knie. Der Löwe rührte sich nicht mehr. Abeke legte Uraza die Hand auf den Kopf.

„Zu Meilin", sagte sie.

Sie begannen zu laufen. Aus den Augenwinkeln sah Abeke, wie Conor sich hinter Briggan duckte, auf den ein Pfeilhagel niederging. Bestimmt hielt auch sein dickes Fell nicht alle ab. Man konnte selbst das größte Tier töten, wenn man genügend Munition hatte und es geschickt anstellte. Sie brauchten unbedingt einen Plan, sonst gewann unweigerlich die zahlenmäßig überlegene Seite. Was bedeutete, dass sie und ihre Gefährten verlieren und sterben würden. Aufgeregt blickte sie sich nach Tarik um. Er wehrte sich gerade gegen den Griff eines Mannes, der doppelt so groß war wie er, und sein Otter zappelte verzweifelt in den Schlingen einer riesigen Königsboa und schnappte nach ihrem Kopf.

Geduckt rannte Abeke zu Tarik. Sie zielte auf seinen

Gegner, konnte ihm aber aus Angst, Tarik zu treffen, nur ins Knie schießen.

Dann rannte sie weiter in Richtung Meilin. Eine Windbö erfasste sie mit Urgewalt, riss sie von den Beinen, wirbelte sie einige Meter durch die Luft und setzte sie in der Nähe von Meilin ab. Meilin rief ihr etwas zu, was aber im Lärm unterging. Sie stand über den beiden Gefährtinnen Zerifs, die bewusstlos am Boden lagen, und schlug wie eine Verrückte mit den Händen durch die Luft, ohne die Echse, die sie in den Stiefel biss, zu beachten. Abeke dachte im ersten Moment, Meilin hätte den Verstand verloren, dann bemerkte sie den Pfeilschauer, der von allen Seiten auf sie niederging. Meilins Gesicht war vollkommen konzentriert und sie war ausschließlich damit beschäftigt, sich und die hinter ihr stehende Jhi gegen die Angreifer zu verteidigen.

Ein Dachs wollte sich auf Abeke stürzen, wurde aber im Sprung von Uraza abgefangen.

Meilin brauchte Hilfe. Verzweifelt sah Abeke sich um. Wo war Rollan? War er tot? Und Maya?

„Abeke!", hörte sie Maya wie zur Antwort auf ihren Gedanken rufen. Sie wirbelte herum. Die rothaarige Euranerin stand immer noch auf dem Anlegesteg und hatte die Augen aufgerissen, als hätte sie eine ganze Armee von Gespenstern gesehen. Mit zitternder Hand zeigte sie auf etwas links von Abeke.

„Fahr zur Hölle, Grünmantel!", schrie Tahlia, die auf einmal gar nicht mehr bewusstlos war, unvermutet aus nächster Nähe. Ihr Arm zuckte und ein Messer flog geradewegs auf Abeke zu und bohrte sich in ihre Schulter.

Im ersten Moment spürte Abeke nichts und wurde nur durch die Wucht des Aufpralls zurückgeworfen. Entgeistert starrte sie auf den mit Leder umwickelten Griff, der aus ihrer Schulter ragte. Tahlia nutzte die Gelegenheit, um sie mit dem Stiefel zu treten. Abeke ging zu Boden und Tahlia ließ sich unsanft auf ihre Brust fallen und zog das Messer aus der Schulter. Da erst spürte Abeke die Schmerzen und schrie.

„Lauter!“, fauchte Tahlia.

Uraza, die den Dachs offenbar besiegt hatte, stürzte sich auf Tahlia und stieß sie von Abeke hinunter.

Abeke streckte die Hand nach ihrem Bogen aus, aber im selben Moment schlug ein schwerer Kriegshammer zu. Zwar konnte Abeke ihm gerade noch ausweichen, aber er zertrümmerte ihren Bogen.

Sie blickte in das Gesicht eines Hünen, der seine braunen Haare zu zwei Zöpfen zusammengebunden hatte. Sein Gesicht war mit Narben übersät, sein Mund zu einer grausamen Fratze verzogen. Er hob den Hammer und schlug wieder zu. Abeke konnte sich im letzten Moment durch einen Sprung über eine Kiste retten.

Sie hörte Uraza jaulen. Die Leopardin konnte ihr jetzt nicht helfen. Mit der rechten Hand zog Abeke einen Dolch aus ihrem Stiefel. In der linken Schulter spürte sie stechende Schmerzen von der Messerwunde, der linke Arm baumelte nutzlos an ihrer Seite herab. Der Mann mit den Zöpfen holte erneut aus. Abeke sprang zur Seite, aber dann erwischte er sie mit der Faust an der Schläfe.

Vor ihren Augen tanzten Sterne und sie sank mit Blick auf die Kämpfenden zu Boden. Sie wünschte sich, sie hätte in die andere Richtung geblickt, denn so musste sie die vielen Toten und Verwundeten ansehen. Meilin blickte kurz in ihre Richtung, ein Moment der Unaufmerksamkeit, den sie mit einem Pfeil im Schenkel bezahlte. Conor wurde von Briggan heruntergerissen, schlug hart gegen die Wand eines Gebäudes und sackte auf dem Boden zusammen. Daraufhin flackerte Briggan, schrumpfte auf seine natürliche Größe zurück und lief humpelnd zu Conor.

Unaufhaltsam drang die Armee der Eroberer vor.

Ein durchdringender Schrei ertönte und ließ Abeke erschaudern. Sie hatte gehofft, in Würde zu sterben, wenn es so weit war. Doch der Schrei kündete von einer besinnungslosen Angst. Er klang fast wie der Schrei eines Tiers. So wollte sie nicht enden. Sie presste die Lippen zusammen, um den Schrei zu beenden, und stellte fest, dass sie schon geschlossen waren. Sie hatte nicht geschrien.

„AUFHÖREN!“, ertönte die Stimme weiter.

Eigentlich hätte der Kriegshammer schon längst erneut

zuschlagen und ihr Leben beenden müssen. Sie öffnete die Augen, die sie fest zusammengekniffen hatte, und sah, wie die Zöpfe des Hünen sich schwarz verfärbten und zu Asche wurden, die der Wind wegblies.

„AUFHÖREN!"

Der Hüne verzerrte das Gesicht vor Schmerzen und hob die Arme, um sich vor der Hitze zu schützen, die ihm entgegenschlug. Auch seine Ärmel verfärbten sich und gingen in Flammen auf. Mühsam wandte Abeke sich ab. Sie wollte das nicht sehen.

„AUFHÖREN!" Abeke hörte die kreischende Stimme und sah Maya auf dem Steg stehen. Sie hatte die Augen weit geöffnet, die Zähne gebleckt und die Fäuste zum Himmel gereckt. Eine Hitzewelle fuhr wie ein Wüstensturm durch den Hafen und gleißendes Licht blendete Abeke. Sie hielt die Arme vor den Kopf und öffnete den Mund, um etwas zu rufen, bekam aber keine Luft. Ihr war, als hätte sie an einem hochsommerlichen Tag direkt in die Sonne geblickt und als hätte die Sonne ihren Blick erwidert.

Dann verschwand die Hitze so plötzlich, wie sie gekommen war. Maya senkte die Arme und schloss die Augen. Alles stand in Flammen, Menschen, Tiere, Häuser und Kisten. Brennende Eroberer rannten schreiend im Kreis oder zum Wasser. Abeke schlug auf ihre Kleider, um Flammen zu löschen, die gar nicht da waren. Ihre Hände waren mit einer fettigen, grauen Asche verschmiert. Als sie sich aufrichtete, fiel etwas von ihrem Bauch herunter und plumpste auf den Boden – der eiserne Kopf des Kriegshammers. Der hölzerne Stiel war verbrannt.

Der Gallentrank

Der ganze Hafen brannte lichterloh. Einen Augenblick lang dachte Rollan, die Eroberer hätten Feuerdämonen in Menschengestalt auf sie losgelassen, denn die Flammen schienen zu rennen und zu tanzen. Dann begriff er, dass es sich tatsächlich um Menschen handelte. Brennende Menschen. Einige rannten Hals über Kopf zum Ufer, andere wälzten sich auf dem Boden. Wieder andere konnten sich vor dem Feuer retten und kehrten Hafen und Schlachtfeld den Rücken.

Rollan sah sich verzweifelt nach seinen Freunden um und entdeckte sie – sie brannten nicht und bildeten kleine Inseln im Flammenmeer. Conor sah mit offenem Mund zu, wie sich eine brennende Gestalt ins Meer stürzte. Meilin, die über und über mit Asche bedeckt war, hielt einen verkohlten Pfeil in der Hand, dessen Spitze noch brannte, und starrte ihn an. Abeke lehnte an einigen Kisten, die unversehrt geblieben waren, und hielt sich mit der Hand die blutende Schulter. Sie blickte unverwandt zum Anlegesteg, auf dem die erschöpfte Maya kniete. Sie hatte den Kopf gesenkt und ihr Körper war in sich zusammengesunken, nur den rechten Arm hatte sie noch ausgestreckt. Er schien wie von einer unsichtbaren Kraft gehalten, die verhinderte, dass Maya umkippte.

Eine Gestalt tauchte aus dem Wasser auf. Shane. Seine Kleider waren verkohlt und schmutzig, ansonsten war er quicklebendig.

„Sammeln!“, rief er.

Einige Eroberer richteten sich auf und auf den Dächern zeigten sich Köpfe. Die Eroberer hatten zwar schwere Verluste erlitten, waren den fünf Grünmänteln zahlenmäßig aber immer noch haushoch überlegen.

„Komm mit mir, Rollan!“, sagte Aidana, die plötzlich hinter ihm stand.

„Ich muss meinen Freunden helfen“, sagte Rollan.

„Nein. Du hilfst ihnen nicht, wenn du dich in den Kampf stürzt und dich töten lässt.“

Sie fasste ihn an der Hand und zog ihn mit sich.

„Was war das denn eben?“, fragte er verwirrt und blieb wieder stehen.

„Der Hafen brennt. Wir müssen uns beeilen.“

„Wusstest du, was passieren würde? Haben eure Leute eine … eine Brandbombe gezündet oder so was?“

„Sei nicht albern."

Rollan wollte noch etwas sagen, aber Aidana drückte seine Hand und sah ihn an. „Ich wusste nur, dass es einen schlimmen Kampf geben würde, in dem deine Freunde keine Chance haben. Ich wollte nicht, dass du dabei bist."

Essix war nirgends zu sehen, aber Rollan wusste, dass seine Mutter die Wahrheit sagte. Menschen aus dem Ort hinter dem Hafen rannten an ihnen vorbei in Richtung Feuer. Sie schleppten Eimer. Wie gebannt starrte Rollan auf die Flammen.

„Wir sollten auch helfen", murmelte er. Er fühlte sich seltsam benommen, als wäre er nur Zuschauer einer Theateraufführung und unfähig, in das Geschehen eingreifen zu können.

„Das tun schon die Einwohner der Stadt", sagte Aidana. „Die Grünmäntel haben das Feuer gelegt. Wo auch immer sie auftauchen, zerstören sie alles."

Wie zum Beispiel den Eispalast.

„Meine Freunde …", murmelte Rollan.

„Deine Freunde?" Aidanas Stimme brach. „Ich bin deine *Mutter,* Rollan. Bitte, ich brauche dich. Deine Freunde benutzen dich nur. Die Grünmäntel sind ein gewalttätiger Haufen von Lügnern, die nach der Weltherrschaft streben. Jemand von euch hat übrigens dem Schlinger verraten, dass ihr Sukas Talisman habt, und uns die genaue Stelle mitgeteilt, an der ihr nach Eura zurückkehren würdet. Wir brauchten uns nur hier auf die Lauer zu legen."

„Nein, unmöglich! Niemand von meinen Freunden würde …"

„Warum hätten wir sonst hier warten sollen?", fragte Aidana. „Du kannst ihnen nicht vertrauen, aber mir schon. Wir sind ein Fleisch und Blut."

Rollan schüttelte nur sprachlos den Kopf.

„Komm mit mir, Rollan!", sagte Aidana. „Nicht mit Shane und nicht mit den Grünmänteln. Lass uns irgendwohin gehen und wie eine Familie leben. Ohne all diese Gräuel." Ihre Stimme versagte und ihr Kinn begann zu zittern.

Rollan nickte. Die Theatervorstellung ging hinter ihm weiter. Es wurde weiter gekämpft und es brannte, aber alles war so fern wie ein Traum. Er hielt immer noch die Hand seiner Mutter. Sie war warm. Nur sie fühlte sich wirklich an. Er folgte ihr durch eine Gasse, weg von dem Lärm in seinem Rücken.

Über ihm ertönte ein Schrei. Essix stieß durch den rauchverhangenen Himmel zu ihm herunter, landete auf seiner Schulter und hielt sich mit den Krallen fest.

„Essix scheint mir zuzustimmen", sagte Aidana.

Sobald Essix auf seiner Schulter saß, bekam Rollan wieder einen klaren Kopf. Er blinzelte und sah seine Mutter an. Vor Schreck stockte ihm der Atem. Einen kurzen

Moment lang hätte er schwören mögen, dass ihre Augen auf einmal ganz anders aussahen. Die Pupillen wurden schmal und länglich, die Iris hellte sich auf, bis sie gelb war wie stumpfes Messing.

„Rollan, hast du …“

„Was war das eben?“, fragte er. Seine Stimme zitterte. Essix drückte ihm die Krallen in die Schulter und er meinte dünne schwarze Rauchfäden zu sehen, die um Kopf, Hände und Füße seiner Mutter waberten. Er trat einen Schritt zurück.

Der dunkle Faden, der von Aidanas linker Hand aufstieg, pulsierte. Ihr Arm schnellte vor und packte Rollan am Handgelenk.

„Lass mich los!“, rief er. „Was hast du denn? Hör auf!“

Aidanas Arm schlenkerte kraftlos hin und her wie der willenlose Arm einer Puppe, aber der Griff ihrer Hand war so eisern wie ein Schraubstock. Rollan zuckte vor Schmerzen zusammen. Wenn seine Mutter noch stärker zudrückte, brach sie ihm die Knochen.

„Bitte“, sagte Aidana mit zusammengebissenen Zähnen, als könnte sie seine Schmerzen fühlen. Sie schloss die Augen. Er sah, wie sie die Stirn runzelte und die schwarzen Linien in Bewegung gerieten. Heftig atmend, als wäre sie gerade gerannt, ließ sie ihn los. „Es ist nicht, was du denkst.“

Essix verlagerte ihr Gewicht und die schwarzen Linien

um seine Mutter waren plötzlich verschwunden. Hatte er sich das nur eingebildet? Aber die Schlangenaugen hatte er ganz bestimmt gesehen.

„Da ist doch was. Es klammert sich an dich, steckt in dir drin …“

Aidana schüttelte verzweifelt den Kopf.

„Ich hatte doch keine Ahnung“, sagte sie. „Ich habe den Gallensaft nur getrunken, damit die Übelkeit aufhört. Ich wollte wieder ich selbst sein, deine *Mutter.*“ Tränen traten ihr in die Augen. „Aber jetzt bin ich das weniger denn je. Ich tue Dinge …“ Sie senkte den Kopf, als hätte sie keine Kraft mehr, ihn zu halten. „Es kommt mir so vor, als wäre ich in meinem eigenen Körper nur zu Gast. Seit ich diesen Trank zu mir genommen habe, bestimmt er über mich.“

Der Gallentrank.

Rollan fühlte sich, als hätte ihm jemand eine Augenbinde abgenommen.

Der Gallentrank, dachte er mit Abscheu, das Wunder bewirkende Allheilmittel!

Er rieb sich die Stelle am Handgelenk, an der seine Mutter ihn gepackt hatte. Die Abdrücke ihrer Fingernägel waren rot und wund.

„Aber du wehrst dich doch dagegen“, sagte er. Die Linien waren in Bewegung geraten, als sie ihn losgelassen hatte. „Du kannst dich befreien. Gerade eben habe ich es erlebt!“

Aidana sah ihn an und in ihren Augen flackerte ein Fünkchen Hoffnung auf. „Ich versuche es, wirklich. Aber es kostet so viel Kraft."

Rollan nahm die Hand seiner Mutter. „Bisher hattest du niemanden, der dir hilft. Jetzt hast du jemanden."

Ein Lächeln hellte ihre Miene auf und sie lehnte sich vor, bis ihre Stirn die seine berührte.

„Ich habe dich so lieb, Rollan", sagte sie.

So standen sie für einen Moment da. Doch dann bemerkte Rollan aus den Augenwinkeln einen Lichtblitz. Er wollte sich von Aidana losmachen, aber sie klammerte sich so fest an ihn, dass er sich nicht von ihr lösen konnte.

„Mutter", sagte er. Seine Stimme klang wehleidig, wie er es bisher nur von den verwöhnten Kindern der Reichen kannte, die in ihren Kutschen durch die Straßen von Concorba fuhren. „Du kannst mich jetzt loslassen." Dann sah er, dass ihr Gesicht zu einer Grimasse gefroren war, einer Grimasse der Angst.

Sie zitterte. Sie wirkte wie in ihrem Körper eingesperrt und es schien sie unendlich viel Kraft zu kosten, den Mund zu einem Flüstern zu öffnen.

„Lauf!", stieß sie heiser hervor und die Pupillen ihrer Augen wuchsen, bis sie die gelbe Iris fast ganz verdrängten. Ihr Griff erschlaffte und sie ließ ihn los, so plötzlich, dass er stürzte und Essix flatternd von seiner Schulter aufflog, um nicht mitgerissen zu werden. Aidana blieb wie versteinert an ihrem Platz stehen und murmelte etwas, was er nicht verstand.

Er rappelte sich auf und Essix landete erneut auf seiner Schulter. Kaum saß der Falke wieder, sah Rollan, wie sich Hunderte pulsierender schwarzer Schattenlinien in den Rücken seiner Mutter bohrten. Aidana steckte den Arm in den Mantel. Wikerus erschien, stieg flügelschlagend auf und schwebte wie eine dunkle Wolke über ihrem Kopf.

„Mutter!", sagte Rollan. „Du musst dich zusammenreißen! Du kannst …" Sie schrie gellend.

„Lauf!", rief sie und schleuderte ein Messer auf sein Gesicht.

Mit ihren Klauen riss Essix Rollans Kopf an den Haaren zur Seite, sodass das Messer an seinem Ohr vorbeiflog, aber da hatte Aidana sich schon auf ihn gestürzt. Sie kratzte ihm mit den Fingernägeln über die Wangen und er spürte, wie etwas Hartes gegen seine Rippen stieß. Essix kreischte und hackte mit dem Schnabel auf Aidanas Handballen herum.

Wikerus stieg empört krächzend zum Himmel auf, Essix verfolgte ihn. Federn flogen durch die Luft. Rollan wich erschrocken zurück. Seine Mutter folgte ihm merkwürdig steif wie auf geliehenen Beinen. Von ihrer Hand tropfte Blut auf die Straße. Der Blick ihrer Schlangenaugen verriet keinerlei Gefühl, ihr Mund war zu einer furchtbaren Grimasse verzerrt. Ihre Stimme gurgelte in der Kehle, als müsste sie erst wieder sprechen lernen. Schwankend kam sie auf ihn zu.

Rollan sprach sie an, bekam aber nur einen keuchenden Husten zur Antwort. Im nächsten Moment sprang sie ihn erneut an. Sie stieß ihm das Knie so fest in den Magen, dass er keine Luft mehr bekam, sich vornüberbeugte und das Gefühl hatte, sich gleich übergeben zu müssen. Mit den Händen umklammerte sie seinen Hals. Er schnappte vergeblich nach Luft und zerrte mit nachlassender Kraft an ihren Händen. Etwas Warmes, Nasses tropfte auf seine Brust und durchnässte sein Hemd, er wusste nicht, ob es sein Blut war oder das von Aidana. Sie hatte die Zähne gefletscht und Schaum vor dem Mund wie ein tollwütiger Hund. Doch zugleich sah er aus den unmenschlich gelben Augen Tränen strömen. Ihr Anblick verschwamm vor seinen Augen.

Seine Arme wurden bleiern schwer und er konnte nicht mehr klar denken. Warum wehrte er sich überhaupt so heftig? Seine Finger ließen die Hände los, die ihn würgten. Das Haus, neben dem er lag, war aus grauem Stein erbaut mit Ausnahme eines kleinen, hohen Fensterrahmens aus roten Ziegeln. Das Grau erinnerte ihn an verdorbenes Fleisch. Er schloss die Augen, um zu schlafen.

Und plötzlich bekam er wieder Luft! Herrlich staubige, rauchgeschwängerte Luft. Er konnte wieder atmen! Seine Mutter hatte ihn losgelassen und rollte von ihm herunter. Sie wand sich und zappelte und schlug auf eine Masse aus

Klauen und Federn ein, die an ihrem Kopf hing. Doch ihre Bewegungen wurden schwächer.

„Essix, nicht!“, wollte Rollan schreien. Heraus kam nur ein heiseres Flüstern. Trotzdem ließ der Falke von Aidanas Gesicht ab und flog auf. Aidana blieb von Schauern heimgesucht auf dem Boden liegen. Ihre Augen hatten den Angriff zwar unbeschadet überstanden, aber Kopf und Hals waren mit tiefen Schnitten und Kratzern übersät. Eine Wunde am Kinn blutete besonders heftig. Ihr Mantel lag zerknüllt neben Rollans Füßen. Rollan hob ihn auf und drückte ihn auf die Wunde.

„Es ist nichts Schlimmes passiert“, sagte er. „Wenn die Wunde erst aufhört zu bluten, geht es dir wieder besser.“

Er atmete flach und seine Worte überschlugen sich. Seine Hände zitterten. Tief im Inneren wusste er, dass er unter Schock stand, dass er jetzt eigentlich nachdenken und ganz ruhig überlegen musste, was zu tun war. Aber er konnte nichts anderes tun, als die Wunde seiner Mutter zu versorgen. Das änderte sich erst, als er die scharfe Klinge eines Messers am Unterarm spürte.

Aidana drückte ihm ein Wurfmesser an den Arm, doch sie stach nicht zu. Er zog den Arm zurück und sie ließ das Messer absichtlich vor ihm auf den Boden fallen. Sie bewegte stumm die Lippen und ihre Augen begannen zu leuchten und aus dem stumpfen Messinggelb wurde ein feuriges Orange.

„Rollan!“, rief jemand. Meilin? Er konnte es nicht sagen.

Er beugte sich über seine Mutter, denn er musste hören, was sie zu sagen hatte.

Hinter ihm näherten sich Schritte. „Alles in Ordnung, Rollan?“ Es war Conor.

Er legte sein Ohr an Aidanas Lippen.

„Töte … mich …“, flüsterte sie kaum hörbar.

Rollan fuhr zurück, trat auf das Messer auf dem Boden, rutschte aus und landete auf dem Rücken. Seine Mutter begann am ganzen Körper zu zittern, als müsste sie sich mit aller Kraft davon abhalten, sich erneut auf ihn zu stürzen. Ihre Augen flackerten gelb, die Pupillen wurden wieder schmal und ihr Blick wanderte unruhig zu der Stelle, an der das Messer lag.

„Kannst du laufen?“, fragte Conor. „Wir müssen fort, und zwar so schnell wie möglich.“

Er fasste Rollan unter den Schultern, half ihm auf die Beine und zog ihn von seiner Mutter weg. Rollan drehte sich noch einmal nach ihr um. Sie schloss gerade die Augen. Vielleicht sollte er es ihr einfach gleichtun? Als er die Augen schloss, fühlte sich sein Kopf ganz leicht an. Sein Körper schien nicht mehr zu ihm zu gehören. Er stolperte, fiel auf den Boden und beschloss, an Ort und Stelle ein Nickerchen zu machen. Doch da schlug ihm jemand auf die Wangen. Er fühlte Hände an seinem Gesicht und öffnete die Augen.

„Rollan! Rollan!“

Es war Meilin. Sie kniete vor ihm und hielt seinen Kopf. Wie lieb von ihr. Ihr Gesicht war ganz nah an seinem. Sie sah aus wie ein Gemälde, ein Porträt von Meilin vor einem Hintergrund aus schwarz-weißem Plüsch. Nein, kein Plüsch. Jhi. Meilin erwiderte seinen Blick und der Nebel in seinem Kopf begann sich zu lichten.

„Rollan, sieh mich an!", rief sie. Er sah sie an. Sie zeigte zum Ufer. Dort legte gerade ein Boot von dem verkohlten Steg ab. „Da ist ein Boot", sagte sie. Ihre Gesichter waren nur wenige Zentimeter voneinander entfernt. „Wir müssen auf dieses Boot, und zwar jetzt gleich." Sie schlug ihm wieder auf die Wangen.

Er stand auf und stolperte hinter ihr her.

Beim Laufen nahm er wie durch einen Schleier wahr, dass Dinge an seinem Kopf vorbeiflogen. Pfeile? Er betrat hinter Conor und Meilin einen Steg, den einzigen, den das Feuer nicht vollkommen zerstört hatte. In dem Boot saßen bereits Leute, die ihnen ermutigend zuwinkten. Etwas stach ihn in die Wade und er stolperte, fing sich aber und lief weiter. Conor, Briggan, Abeke, Maya und Tarik saßen bereits in dem Boot. Meilin sprang hinein, drehte sich zu ihm um und sah ihn an. Er war noch ein gutes Stück vom Ende des Anlegestegs entfernt und das Boot hatte bereits begonnen, sich zu entfernen. Der Abstand vergrößerte sich immer mehr. Er konnte unmöglich so weit springen, nicht ohne den Granitwidder.

„Mach schnell!“, rief ihm jemand aus dem Boot zu. Eine andere Stimme rief, er solle springen, und das tat er dann auch. Er flog durch die Luft und streckte die Hände aus, wusste aber gleichzeitig, dass er es nicht schaffen würde. Er machte sich schon auf ein Bad im kalten Wasser gefasst, da fing ihn jemand auf. Obwohl er niemanden sah. Ihm war, als würde er auf einem unsichtbaren Luftkissen zum Boot gezogen. Meilin hatte die Hände mit den Handflächen nach oben ausgestreckt und die Stirn konzentriert gerunzelt. Der kristallene Talisman an ihrem Hals leuchtete. Sie hatte ihn aufgefangen.

Rollan machte sich schon für die Landung im Boot bereit, da stieß ihn plötzlich jemand aus Meilins durch den Talisman verstärkten Händen und warf ihn ins Meer. Das eisige Wasser stach ihn in die Nase. Hustend und spuckend kämpfte er sich an die Oberfläche.

Er schnappte nach Luft. Tarik und Meilin streckten die Arme aus, um ihn herauszuziehen. Sie wollten ihn gerade an den Handgelenken packen, da wurde er erneut angegriffen und unter Wasser gedrückt.

Strampelnd kehrte er an die Oberfläche zurück, aber das Boot entfernte sich rasch. Meilin streckte die Arme aus. „Schwimm!“, schrie sie. „Los, schwimm!“

Er drosch auf das Wasser ein und spürte plötzlich, wie er wieder nach oben aufstieg. Meilin hatte ihn mit ihren Geisterhänden an den Schultern zu fassen bekommen und zog ihn aus dem Wasser. Er war fast beim Boot angekommen, da flog Wikerus durch die Luft, stürzte sich auf Meilin und packte den Kristallbären mit den Krallen. Meilin schrie auf und Rollan fiel in das kalte Wasser zurück.

Essix kam kreischend herbeigeflogen und stürzte sich mit ausgestreckten Krallen auf die Augen des Raben. Dieser ließ den Talisman los und flog weg, aber der Schaden war bereits angerichtet. Die Schnur um Meilins Hals war gerissen, der Kristallbär fiel ins Wasser.

Rollan tauchte sofort nach dem glitzernden Anhänger, ohne einen Gedanken daran zu verschwenden, dass er erbärmlich fror und vom Laufen und Kämpfen und aufgrund des Blutverlusts so geschwächt war, dass er jederzeit ohnmächtig werden konnte. Dann wäre das kalte Wasser zu seinem Grab geworden. Aber er wusste instinktiv, dass er richtig handelte.

Da der Kristall noch ein wenig leuchtete, sah er den Bären durch das Wasser fallen. Alles schien wie in Zeitlupe abzulaufen. Der Talisman sank langsam tiefer, er selbst strampelte ganz langsam mit den Beinen und konnte auch keinen klaren Gedanken fassen. Er streckte die Arme aus, bekam den Talisman gerade noch mit tauben Fingern zu fassen, bevor er endgültig in der Tiefe zu versinken drohte, und drückte ihn an seine Brust. Seine Energiereserven waren aufgebraucht. Er schloss die Augen. Vielleicht konnte er jetzt schlafen.

Da durchströmte Rollan plötzlich neue Kraft und weckte ihn, bevor ihn das Bedürfnis übermannte, das Wasser einzuatmen. Er strampelte und spürte, wie er erst mit der Hand und dann mit dem Kopf die Wasseroberfläche durchbrach. Er schnappte nach Luft. Der Nebel in seinem Kopf lichtete sich und er sah, dass seine Hände leer waren. Der Talisman war verschwunden.

Er wollte wieder untertauchen, doch da packten ihn Hände. Das Boot hatte beigedreht und Tarik und Meilin zogen ihn an Bord.

„Nein!“ Er spuckte Meerwasser aus und versuchte zu sprechen. „Nein, lasst mich noch mal rein! Der Talisman …“

„Zu spät“, sagte Tarik.

Ein riesenhafter, grauer Koloss, der so aussah wie der schreckliche Hund der Ardu als Großes Tier, entfernte sich schwimmend von ihrem Boot. An einem seiner elefantenähnlichen Stoßzähne hing der Kristallbär. Er schwamm zum Ufer, sprang auf dem Bauch aus dem Wasser und hielt den Talisman einem Mann mit einer schwarzen Kapuze hin. Der Mann nahm den Talisman und zeigte ihn stolz Shane und ein paar Dutzend weiteren Eroberern, die inmitten der Trümmer des verbrannten Hafens standen.

„Nein!“, rief Rollan. „Nein!“

Er stand auf und wollte ins Wasser springen, aber Tarik hielt ihn fest.

„Es ist entschieden, Rollan!“, sagte er. „Opfere nicht dein Leben für etwas, was bereits verloren ist!“

Rollan versuchte sich aus seinem Griff zu befreien und blickte fassungslos zum Ufer. Die Eroberer hatten den Talisman an sich gebracht, um den er und seine Freunde so hart gekämpft hatten. Der graue Koloss mit den Stoßzähnen erwiderte seinen Blick. Und auch Aidana – seine Mutter – sah ihn mit ihren dunklen Augen an. Ihr Gesicht war mit Kratzern übersät und von ihrem Kinn lief Blut an ihrem Hals hinunter. Sie hob die Hand, als wollte sie …

Als Shane neben sie trat und ihr den Arm um die Schulter legte, ließ sie die Hand wieder fallen. Traurig sahen die beiden dem Boot hinterher.

Rollan wurde plötzlich von Schluchzern geschüttelt. Er drückte die Hände an die Brust und begann hemmungslos zu weinen.

Tarik hatte immer noch die Arme um ihn geschlungen. Er klopfte ihm auf den Rücken und drückte stumm Rollans Kopf an seine Schulter.

Das Schluchzen ließ nach, aber Rollan wagte es trotzdem nicht, aufzublicken und in die Gesichter seiner Freunde zu sehen. Vielleicht hielten sie ihn ja für schwach und dumm.

Er wischte sich das Gesicht mit seinem Schal ab und setzte sich. Tarik ließ sich neben ihm nieder.

„Ein Walross“, sagte Rollan leise, „was denn sonst? Eines weiß ich jetzt sicher. Ich hasse Walrosse.“

Die anderen lachten. Es war ein unglückliches und befreiendes Lachen zugleich.

„Alles in Ordnung, Rollan?“, fragte Conor. „Diese Frau da hätte dich fast umgebracht.“

Rollan starrte in die Ferne. Er hatte so vieles gefunden und gleich wieder verloren. Er hatte den Talisman aufgeben müssen. Und seine Mutter – zum zweiten Mal. Hatte sie zuletzt mit ihm kommen wollen? Aber selbst wenn sie es gewollt hatte, der Gallentrank bestimmte über sie. Die Eroberer priesen ihn zwar als Allheilmittel, verschwiegen aber, dass alle, die ihn tranken, jederzeit zu Marionetten des großen Schlingers werden konnten.

Seine Mutter hatte gesagt, sie sei zu dem Haus in Concorba zurückgekehrt, wo sie ihn zurückgelassen hatte und dessen Bewohner ihn dann doch nicht aufgenommen hatten. Sie war zurückgekehrt. Und er würde zu ihr zurückkehren. Irgendwie. Er würde sie aus den Fängen des Schlingers und seines Gallentranks befreien, und wenn er den Schlinger dazu mit eigenen Händen töten musste.

Er rieb sich über das Gesicht. Zwar weinte er nicht mehr, aber seine Augen brannten.

„Du scheinst noch mehr schlimme Dinge erlebt zu haben“, sagte Tarik. „Dinge, die nichts mit dem verlorenen Talisman zu tun haben.“

Rollan schüttelte den Kopf. Er wollte nicht darüber sprechen.

„Wahrscheinlich hast du das Gefühl, dass die vielen Entbehrungen und Kämpfe deine Kräfte übersteigen“, fuhr Tarik fort. „Du hast offenbar viele Verluste einstecken müssen. Das Leben ist voller Verluste. Ich habe gelernt, dass es darauf ankommt, wie wir die Lücke füllen, die ein Verlust hinterlässt. Der Schlinger ist ein einziges Loch. Er will sich ganz Erdas unterwerfen, um dieses Loch zu stopfen, aber selbst die Weltherrschaft wird seinen Hunger nach Ganzheit nicht stillen können.“

Rollan sah, wie Meilin die Hand vor das Gesicht hob, um ihren eigenen Kummer zu verbergen. Meilin würde es verstehen, wenn er ihr von Aidana erzählte. Conor wahrscheinlich auch. Tarik würde ihn trösten und Abeke würde schweigen, ihn aber nicht verurteilen. Ihm wurde plötzlich klar, dass er genau wusste, wie alle reagieren würden. So sehr waren sie zu einer Gruppe, ja fast schon zu einer Familie zusammengewachsen.

Aber noch brachte er es nicht über sich, den anderen von seiner Mutter zu erzählen. Die Schmerzen waren noch so frisch, als hätte sich eben erst ein Pfeil in sein Herz gebohrt.

„Mach dir zunutze, was du verloren hast“, sagte Tarik. „Lerne und schöpfe Kraft daraus und du wirst im nächsten Kampf stärker sein.“

Rollan nickte, obwohl ihm momentan nicht nach Kämpfen zumute war. Er sank auf die Bootsplanken und blieb mit angezogenen Knien sitzen. Durch die Beine der anderen hindurch sah er Maya, die ebenfalls auf dem Boden hockte. Fast hätte er sie nicht wiedererkannt. Ihre roten Haare waren mehr oder weniger vollständig verbrannt, über eine Wange zog sich eine Wunde. Ihre sonst so lebhaften blauen Augen starrten ins Leere. Er hätte nicht sagen können, ob sie ihn ansah oder nicht.

„Ach so, das Feuer“, flüsterte er. „Das war sie.“

Conor kniete sich neben ihn. „Sie hat uns gerettet. Die Eroberer waren hundert Mann stark oder noch stärker, und alle hatten ein Seelentier. Aber dann … sprengte Maya sich in die Luft …“ Conor verstummte und sein Blick verdunkelte sich. Offenbar hatte er etwas gesehen, was Rollan nicht gesehen hatte. „Danach waren die meisten Eroberer einfach weg.“

Rollan sah, wie Abeke sich neben Maya setzte, ihre Hand nahm und etwas zu ihr sagte, während Maya weiter vor sich hin starrte.

„Hundert Mann oder mehr …“ Rollan schloss die Augen. „Diesmal haben die Eroberer es wirklich ernst gemeint.“

„Und sie waren vorbereitet, denn sie wussten, dass wir kommen“, sagte Conor. Sein Blick war auf Meilin gerichtet. Jhi leckte eine Wunde an Meilins Bein und die hielt ihre Pfote so liebevoll, wie Rollan es noch nie gesehen hatte. Auch die anderen wirkten ziemlich mitgenommen. Sie hatten Verbrennungen und blutbefleckte Kleider und das Grauen stand ihnen ins Gesicht geschrieben. Rollan befühlte seinen Hals und spürte einige Blutergüsse. Sie waren wie die Finger seiner Mutter geformt.

Tränen traten ihm die Augen und er fragte sich, ob etwa das viele Meerwasser, das er bei seinem verzweifelten Kampf im Wasser geschluckt hatte, jetzt durch seine Augen abfloss.

Maya hatte ihren leeren Blick auf ihn gerichtet. Vielleicht ging es ihm besser, wenn er erst ausgebrannt war, dachte er. Wenn er nichts mehr dachte und fühlte. Er schloss die Augen. Nichts mehr zu fühlen, war eine verlockende Vorstellung. Vielleicht war der Tod dann ja so willkommen wie ein warmes Bett.

Jhi verließ Meilin und trottete zu Maya, die den Kopf hob. Ihre Augen schienen sich ein wenig zu beleben. Jhi berührte Mayas Stirn mit der ihren und Mayas Lider zuckten und fielen zu. Ihr Gesicht entspannte sich, als sie einschlief.

Doch Rollan wollte sich nicht entspannen und wehrte sich gegen Schlaf und Vergessen. Jhi sah auch ihn mit ihren friedlichen silberfarbenen Augen an, aber er schüttelte den Kopf. Er wollte wach bleiben und sich der schmerzhaften Erinnerung an das Geschehene stellen, als könnte er dadurch seine Mutter beschützen. Allerdings wusste er nicht, wie viel er noch ertragen konnte. Er fühlte sich verlassen, zerschlagen und am Ende.

Da spürte er etwas Schweres auf dem Unterarm. Etwas pikte ihn in die Haut. Essix. Das Falkenweibchen sah ihn an. Sie wusste, was Rollan noch niemandem erzählen konnte. Sie wusste von Aidana und ihrem Raben und wie Rollan das Herz gebrochen worden war, wie es sich ein wenig erholt hatte und wie es erneut brach. Sie wusste alles, was Rollan tat und sagte und auch was er nicht sagte – und wie schlimm es in ihm aussah. Trotzdem hatte sie ihn nicht verlassen.

Der kalte Wind frischte auf und zerzauste ihr braungoldenes Gefieder.

Rollan öffnete den Kragen seines Mantels, entblößte die Haut und hob das Kinn.

Und Essix sprang und verwandelte sich in ein Mal über seinem Herzen.

Ravensburger Bücher

SPIRIT ANIMALS
DIE LEGENDE LEBT

Band 1
ISBN 978-3-473-**36915**-7

Band 2
ISBN 978-3-473-**36916**-4

Band 3
ISBN 978-3-473-**36934**-8

Band 4
ISBN 978-3-473-**36935**-5

Band 5
ISBN 978-3-473-**36944**-7

Band 6
ISBN 978-3-473-**36956**-0

www.ravensburger.de

Ravensburger

RTB_15_189

LESEPROBE

Spirit Animals
Die Maske fällt
von Tui T. Sutherland
ISBN 978-3-473-36944-7

Die Menschen von Stetriol nannten ihn den Rumpelnden Felsen. Sie wussten nicht genau, wo er lag – irgendwo im sonnenverbrannten, dürren Innern des Kontinents. Aber sie wussten, dass er ein rumpelndes Geräusch von sich gab, das die Erde im Umkreis von Kilometern erzittern ließ. Und sie wussten, wie das Monster hieß, das dort eingesperrt war, und dass niemand, dem sein Leben lieb war, ihm zu nahe kommen durfte.

Deshalb hatte seit Jahrhunderten niemand Kovo, den Großen Affen, in seinem Gefängnis besucht.

Das wäre auch schwierig gewesen, selbst wenn jemand es gewollt hätte. Der Rumpelnde Felsen lag einsam in der Wüste von Stetriol, mehrere Tagesreisen von der nächsten Wasserquelle entfernt. Er fiel nach allen Seiten senkrecht und glatt ab, als hätte ihn jemand mit gewaltigen Schwerthieben an den Rändern beschnitten. Seine Oberfläche erhitzte sich in der Sonne auf mindestens hundert Grad. Die genaue Temperatur hatte natürlich niemand gemessen, aber jedes Lebewesen, das ihn betrat, erlitt augenblicklich schwerste Verbrennungen an Füßen oder Pfoten oder versengte sich die Schuhsohlen.

Der Käfig selbst schien aus der Oberfläche des Felsens zu wachsen, ein gewaltiges Gitterwerk undurchdringlicher Äste, die so hart waren wie Diamanten. Die Äste leuchteten grellweiß, besonders an ihren spitzen Enden, die immer noch ein wenig an die mächtigen Geweihstangen erinnerten, die das Große Tier Tellun vor Jahrhunderten hier gepflanzt hatte. Und darüber schwebte der Adler Halawir, der Wächter mit den scharfen Augen, der Kovo Tag und Nacht bewachte.

Es hatte also seit langer, langer Zeit keine Besucher mehr gegeben. Deshalb das Rumpeln.

„Zuerst werde ich ihnen die Haut abziehen", grollte eine Stimme wie Donner im fernen Gebirge. „Dann zermalme ich ihre Schädel zwischen meinen Fäusten. Ich werde ihre Knochen in ihre grünen Mäntel wickeln und ihre Häuser anzünden. Ihre Burgen werde ich mit meinen Füßen in den Staub treten."

Durch die Zwischenräume des Käfigs blickten die heimtückisch funkelnden Augen eines riesigen Silberrücken-Gorillas. Sein schwarzes Fell war viel zu dick für die Hitze und er hatte im Käfig keinen Platz zum Auf- und Abgehen, deshalb hockte er seit Generationen nur in düstere Gedanken versunken da. Könige und Reiche waren gekommen und gegangen, aber er wartete immer noch.

Und während er wartete, träumte er von Rache.

„Ich habe vier Große Tiere getötet", murmelte er. „Wenn ich erst frei bin, werde ich die frechen Grünmäntel bestrafen, die den Großen Tieren folgen. Ich werde ihre Seelentiere in Stücke reißen und die schwachen Menschen eigenhändig töten. Einige werde ich ganz langsam erwürgen, andere ertränken und wieder andere mit den Füßen zu Tode trampeln." Er strich mit seiner ledrigen Hand über das Gitter aus Geweihstangen, hinter dem er gefangen saß.

In der Ferne schrie durchdringend ein einsamer Raubvogel. Die Luft flirrte vor Hitze.

„Lange dauert es nicht mehr. Unnütze Menschen! Wenn ich frei wäre, hätten wir schon längst alle Talismane beisammen. Wir wären die Herrscher dieser Welt und alle müssten uns gehorchen."

Er drückte gegen die Käfigwände und ließ seine gewaltigen Muskeln spielen. „Bald ist meine Zeit gekommen", knurrte er. „Bald werden sie mich holen." Mit zusammengekniffenen Augen spähte er nach draußen auf den kleinen Ausschnitt der leeren Wüste, den er sehen konnte. „Gerathon ist seit Wochen frei. Elendes Menschengewürm! Vielleicht reiße ich ihnen die Zehennägel aus."

Er hob den Kopf und blähte witternd die gewaltigen Nüstern. Dann breitete sich langsam ein verschlagenes Lächeln auf seinem Gesicht aus.

„Gerathon", grollte er. „Endlich."

„Ich verstehe ja, dass du es kaum erwarten kannst, das Blut deiner Feinde zu vergießen", sagte eine Stimme hinter ihm. „Aber du hast Jahrhunderte gewartet, was machen da ein oder zwei Monate mehr aus?"

„Ich werde warten, solange es nötig ist", sagte Kovo. „Stell dich dahin, wo ich dich sehen kann."

Ein braunhaariger Junge kam in Sicht und blieb einige Schritte vor dem Käfig stehen. Hinter ihm fiel die Felswand senkrecht ab. Er war schmächtig, kaum alt genug für den Gallentrank, und er hatte einen schrecklichen Sonnenbrand. Seine Schultern waren mit langen, blutigen Kratzern übersät und von den brennenden Sohlen seiner Schuhe stieg Rauch auf, was er aber nicht zu bemerken schien. Denn in Wirklichkeit steckte ein ganz anderes Wesen in seinem Körper und blickte durch gelbe Schlangenaugen mit riesigen Pupillen nach draußen.

„Ein ungewöhnlich kleiner Körper für dich", knurrte Kovo. „Sieht mehr aus wie ein Imbiss als ein Bote." Er warf einen Blick zum Himmel, aber Halawir war nirgends zu sehen. Der Zeitpunkt war gut gewählt: Sein unermüdlicher Wächter fehlte ausgerechnet jetzt, wo er Besuch hatte.

„Ich werde ihn später bestimmt noch verspeisen", sagte der Junge. Die Stimme klang nicht wie die von Gerathon, aber sein gespenstisches Zischeln erinnerte an das große Schlangentier. „Alsssso … es ist lange her. Wie hast du die Zeit verbracht?“

„Ich habe mich köstlich amüsiert“, schimpfte Kovo. Seine tief hinter buschigen Brauen verborgenen schwarzen Augen funkelten. „Willst du vor mir mit deiner Freiheit angeben?“

„Nein“, erwiderte Gerathon. An seinen Maßstäben gemessen, klang es beinahe mitfühlend. „Ich wollte dir von unseren Erfolgen berichten. Die Eroberer konnten den räudigen Grünmänteln soeben den Kristallbären abnehmen. Außerdem konnte ich einem von ihnen einen Mordsschrecken einjagen, weil seine Mutter mir hörig ist. Was er für ein Gesicht machte, als sie ihn töten wollte. Es war köstlich.“

„Wunderbar“, fauchte Kovo. „Lass mich nur eine Ewigkeit hier sitzen, solange du deinen Spaß hast.“

„Du hast auch bald deinen Spaß“, beschwichtigte ihn Gerathon. Er brachte den Jungen zum Gähnen und hielt ihm artig den Mund zu. „Wir haben bald genügend Talismane, um dich zu befreien.“

„Das war schon fast das, was ich hören wollte“, sagte Kovo drohend.

„Vertrau mir“, fuhr Gerathon gelangweilt fort. „Wir erfahren alles, was die Grünmäntel tun. Und wir wissen genau, wohin die Vier Gefallenen als Nächstes gehen werden. Wie immer. Wir holen uns den nächsten Talisman und dann vernichten wir sie.“